老舗酒蔵のまかないさん 三
門出の春酒と桜舞い散るお花見弁当

谷崎 泉

富士見L文庫

CONTENTS

もくじ

主要登場人物

江南響
苦境に立つ江南酒造の蔵元代理。従業員からも慕われる元ラガーマン。

赤穂三葉
江南家に〝奉公〟にやってきた、ひたむきで不思議な少女。実は……？

江南聡子
響の母。夫が亡くなり、長男が失踪してしまった心労から入院していた。

中浦左千雄
傾きかけた酒蔵を支える誠実な経理部長。元銀行員で聡子の幼馴染み。

秋田健太郎
江南酒造を支える若き杜氏。美味い酒造りに熱心に取り組んでいる。

塚越楓
江南酒造に勤める金髪の従業員。姉御肌で仕事の飲み込みが早い。

高階海斗
江南酒造に勤める若手従業員。高卒で入社しやりがいを感じ始めている。

佐宗翔太
響の幼馴染み。地元で有名な旅館の息子でもあり、商売センスがある。

第一話

鵲《かささぎ》神社への年越し参りから帰宅し、深夜に床についた数時間後。元日の朝に行われる恒例行事の為《ため》、響《ひびき》は眠い目を擦りながら布団を抜け出した。

元旦には江南《えなみ》家の全員が揃《そろ》って、東蔵にある祠《ほこら》にお参りするというのが古くからの決まりとなっている。一番多い時には祖父母、両親、兄が揃った祠の前に、今は聡子《さとこ》と響、そして三葉《みつば》の三人しかいない。氷点下になる薄暗い蔵で、響たちは並んで柏手《かしわで》を打つ。

パンパンと手を叩《たた》く音が蔵内に響き渡り、厳かな雰囲気を醸し出す。三葉と聡子が顔を上げても、響はまだ頭を下げたままだった。

蔵元代理として真ん中に立った響には祈ることも多いのだろう。両側から三葉と聡子は顔を見合わせて微笑《ほほえ》む。間もなくして、響は顔を上げて小さく息を吐いた。

「…よし」

「さ。お雑煮食べましょうか」

姿勢を直した響に、聡子が声をかける。蔵から出て行く聡子の後に続こうとする三葉を、響は「なあ」と呼び止めた。

「これは…お前のしわざか？」

「……」

響が「これ」と指した方向を見た三葉は、即座に表情を硬くする。

秋。酒の仕込みに入る前に、同じ場所で酒造安全祈願祭が執り行われた。毎年、鵲神社から神職を呼んでご祈禱《きとう》して貰《もら》う祈願祭の際には、祠の前に神饌《しんせん》置き場を作り、様々なお供えを並べる。その時の光景を彷彿《ほうふつ》とさせる状況が目の前にある。

ちょっと違うのは、仮設《しつら》えだった神饌置き場がないので、祠の周囲に供物が並べられていることだ。米や酒、餅に味噌《みそ》、醬油《しょうゆ》に油…他にもうどんや蕎麦《そば》の乾麵、缶詰やレトルトパウチの保存食、更に果物、お菓子などがこれでもかと積み上げられている。

「いえ…その、お正月ですし、喜ぶかなと思いまして…」

「誰が？」

「…神様…？」

自信なげな感じで首を傾《かし》げる三葉を、響は腕組みをして見下ろし、目を眇《すが》めて見た。

いつも正月にお供えされるのは、酒に水、米、塩といった定番のものだ。ここまで供物を並べていたことはなく、響にはすぐ三葉の仕業だと分かった。

「神様って。前にも言ったが、食べたいなら…」

「違います！　三葉じゃなくて…村の…」

「村？」

三葉が思わず口走った言葉を、響は不思議そうに繰り返す。三葉は困り顔で「その…」と言い訳を続けた。

「…村の皆が食べたいだろうな…ってものを想像してみたっていうか…」

「……」

実家に帰るように勧めたけれど、三葉はそうしなかった。忙しい蔵の状況を気にして遠慮したらしい三葉が、故郷の村を思ってしたことなのか。

響は「そうか」と呟《つぶや》き、深々と頷《うなず》いた。

「だったら、宅配便で…」

「いいえっ！　そこまではっ…あ！　奥様おひとりで支度させるわけにはいきませんので！　三葉も用意して参ります！」

村へ送ったらどうかと勧めようとした響を三葉は強引に遮って、蔵を飛び出して行った。タタタという軽い足音が猛スピードで遠ざかっていく。一人残された響は祠の周囲に積まれたお供えを見直し、首を傾げた。

いつも朝食は台所のテーブルで済ませることが多いが、元日の朝は座敷《ざしき》に用意するよう、三葉は聡子から指示を受けた。おせちを詰め込んだお重を中心に、鯛《たい》の塩焼き、刺身やローストビーフなどを盛りつけた大皿を並べる。

響も手伝って取り皿や箸まで用意をし終えると、仏間へ移動して仏壇の前に並んで正座した。

聡子が線香をあげ、手を合わせる後ろで、響と三葉も手を合わせる。今度は聡子の方がなかなか顔を上げなかった。

去年の正月を思い出しながら、響は聡子の背中を見つめる。今年はやけに長い。仏壇には先祖代々の位牌《いはい》に加え、祖父母、父の位牌も収まっている。

聡子は亡くなった父に、少しずつ立て直せていけているのだと報告しているのだろうか。

そんなことをぼんやり考えていた響は、仏壇にはお供えが少ないのに気がついた。

恐らく、聡子が用意した例年と同じ…酒におせちをとりわけたものだけだ。ここには三葉は関与していないらしい。

「…こっちはいいのか？」

小声で尋ねる響に対し、三葉は不思議そうな顔をする。「お供え」と付け加えると、にっこり笑って頷いた。

「ここは『繋《つな》がって』ませんから」

「……」

繋がるとはどういう意味か？　響が問い返そうとした時、長く手を合わせたままだった聡子が向き直った。

「…ごめんなさい。長くなっちゃったわね。お雑煮が冷めちゃうわ」

お餅が硬くなったら大変と、聡子は立ち上がって座敷へ向かう。三葉はその先回りをするように急いで移動していったので、響は意味を聞くことが出来なかった。

座敷に戻り、それぞれの席に腰を下ろすと、響が新年の挨拶をする。あけましておめでとうございます。今年もよろしく。三人で頭を下げてから、箸を取る。

「今年は三葉ちゃんがいるから豪華よねー。本当に助かったわー」

「とんでもないことです。奥様に教えて頂くことが多く、三葉はまだまだ勉強が足りないです」

「そうなのか？　美味《うま》いぞ」

輪島塗《わじまぬり》の三段重には、昆布《こぶ》巻《ま》き、伊達《だて》巻き、筑前《ちくぜん》煮、たつくり、黒豆、紅白なます…といった、定番のおせち料理が贅沢《ぜいたく》に詰め込まれている。響と二人きりになってしまってからも、聡子はおせちを作るのをやめなかったが、内容は簡単なものになっていた。

それが、今年は三葉の協力により、パワーアップした内容になっている。

「ん！　この昆布巻き、美味いな」

「でしょ？　私、昆布巻きが苦手で、いつも柔らかく煮過ぎちゃったり、味がぼやけちゃったりするんだけど、三葉ちゃん、本当に上手なのよ」

「いえいえ。奥様の黒豆の方が！　すごく美味《おい》しいです」

「いーえ。三葉ちゃんのなますなんて、つまんでたらなくなっちゃうくらい、美味しいじゃないの」

「そんな！　奥様の筑前煮は大変丁寧に作られますから…」

延々、互いを褒め合う二人をよそに、響は順調にお重の中身を平らげていく。こういう争いは大歓迎だと思いながら、酒が飲めないのが残念だと悔しそうに呟いた。

「車に乗らなきゃいけないからな」

「どちらかへお出かけですか？」

「商工会の会長さんへの挨拶とか、地区の集まりとか、色々あるのよ。でも、夜は中浦《なかうら》くんと秋田《あきた》くんが来るから。また好きなだけ飲めるでしょ」

それを希望に頑張ると、響はお雑煮を食べ尽くし、おかわりはあるかと三葉に聞く。

「もちろんです！　お餅は幾つお入れしますか？」

「取《と》り敢《あ》えず、二つ」

「承知しました。奥様は？」

「私はこれで十分よ」

しばらくお待ちを…と言って、三葉が台所へ走って行くのを見て、聡子はしみじみ呟いた。

「三葉ちゃんが来てくれて本当によかったわ」

「そうだな」

「二人だと…なんだかね。やっぱり…寂しかったから…」

一人増えるだけでも違う。そう言って、聡子は沈黙する。ぼんやりと何かを考えている
ような表情が、響には気に掛かった。

「母さん？」

どうかしたのかと聞こうとして呼びかけたのだけど、聡子は反応しない。もう一度、

「母さん」と呼びかけると、はっとしたように身体《からだ》を揺らした。

「どうした？」

「え…」

「ぼんやりして」

「何でもないわよ。持って行くお酒、準備しなきゃって…ちょっと考えてただけ」

聡子がごまかしているように感じられ、響はなおも聞こうとしたのだが、三葉の声に邪
魔されてしまった。

「奥様ー。こちらのお刺身なんですけど…」

「はいはい。今行くわ」

台所から呼ぶ三葉の声に答え、聡子は立ち上がって行ってしまう。基本的にのんびりした性格の聡子が物思いにふけるような様子を見せるのは珍しい。

何か気に掛かることでもあるのか…と考えてみたが、思いつかず、口に放り込んだかずのこをバリバリ嚙《か》み砕《くだ》いた。


挨拶回りに出かけていた聡子と響が戻ったのは午後三時過ぎで、それから間もなくして、秋田と中浦がやって来た。宵のうちから飲んでも、全く咎《とが》められないのが正月のよいところでもある。

秋田が来たからと、響は早速酒瓶と酒器を用意し、座敷で飲み始めた。つまみはもちろん、おせちだ。

「三葉も飲まないか？」

「ありがとうございます！　夜に頂く、鰤《ぶり》しゃぶの用意が出来ましたら、参加させて頂きます」

台所で忙しそうにしている三葉に声をかけると、支度が終わったらという答えがある。

ついでに秋田へ持って行ってくれと、三葉からつまみ用に切り分けた刺身を渡される。

その皿と醬油を一緒に座敷へ運ぼうとしていた響は、廊下の奥から聞こえる話し声に気がついた。

「…やっぱり…行って来ようと思うの」

聡子の声なのはすぐに分かったが、誰かと話しているようなのが気になる。電話でもしているのか。暖房のきいていない廊下は寒い。不思議に思い、響は何気なく近付いて行った。

「母さん？」

廊下の角を曲がった向こうにいた聡子に、暖かいところで話せば…と勧めようとした響は、中浦が一緒にいたのに驚く。聡子は電話ではなく、中浦と話していたらしい。となると、益々《ますます》不思議になる。

「こんな寒いところで何して…」

響を見た聡子と中浦は揃《そろ》って息を呑《の》んだ。その驚き方が普通ではなく思え、響はたじろぐ。

そこまでびっくりさせる真似《まね》をした覚えはない。困惑した表情を浮かべる響に、聡子と中浦は揃って場を取り繕った。

「そ、そうよね！　ちょっと話し込んじゃってて…ここ、寒いから。向こう行きましょ」

「あ…ああ。そうだな」

二人とも慌てて響の脇をすり抜けてその場から離れて行く。その後ろ姿を見ながら、響は首を捻《ひね》って秋田の元へ向かった。

座敷で待っていた秋田の前に刺身を置き、三葉は手が空いたら来ると伝える。

「どうかしたんですか？」

秋田に話す響の顔には怪訝《けげん》な表情が浮かんでいた。不思議そうに聞かれた響は、聡子の様子がどうもおかしいのだと打ち明ける。

「ぼんやりしてたり…こそこそしてたり」

「あ、それ。俺も思いました」

響に同意した秋田は、訪ねて来た時のことを話す。

「母屋の玄関へ回るのが面倒で、庭の方から入ろうとしたら、奥さんがいて。なんかスマホ持って、立ってたんですよ。電話でもかけるつもりなのかなと思って見てたんですけど、かけないみたいだったから、声かけたんです。そしたら、すごい驚かれて」

気配を消していたつもりもないし、びっくりさせるつもりもなかったから、逆に驚いた…と言う秋田に、響は大きく頷く。

自分も同じだ。声をかけただけなのに大袈裟《おおげさ》な反応を見せたのは…。

何か隠し事でもしているのだろうか？　そう思って考えてみたけれど、心当たりは思い浮かばず、首を捻っているところへ三葉がやって来る。

「お待たせしました。つまみは足りてますか？　何か作りましょうか？」

「いや。これで十分だ。座れよ」

「ありがとうございます。あ、響さん。奥様と中浦さんはお出かけになりましたので、お二人が戻られたら鰤しゃぶを始めようと思います」

「出かけたって…何処《どこ》へ？」

「駅の方だと…仰《おっしゃ》ってましたが」

三葉の話を聞いた響は秋田と顔を見合わせる。元日の夕方に何の用があって出かけたのか？

二人でこそこそしている様子だったのと関係があるのか？　何だろうな…と話す響と秋田に、三葉は心配そうに尋ねる。

「何か…ありましたか？」

「いや。まあ、飲めよ」

三葉に気遣わせるほどのことでもない。帰って来たら何処へ行っていたのか聞いてみよう。そう思って、おちょこを三葉に渡し、なみなみと酒を注いだ。


夜の帳《とばり》がすっかり下りた頃。聡子と中浦は帰宅した。何処へ行っていたのかと響が聞く前に、その行き先は判明した。

「ケーキ、買って来たわよ」

戻って来た聡子と中浦は、クリスマスにケーキを買い求めた店の袋を携えていた。大変美味しかったあの店が、正月も営業していると聞いたので、デザートにしようと買いに行って来たのだと言う。

「すごい人だったわ。おかげで時間がかかっちゃって」

「今日はホールではなく、色んな種類のカットケーキを買って来ました」

やったー！　と喜ぶ秋田と三葉と共に、響も歓声を上げたものの、どうもしっくり来なかった。皆が喜ぶと思って、ケーキを買いに行って来た。その話に疑う余地はないのだが。

「ケーキ屋さんってお正月もやってるんですね」

「親戚とか集まるから大量買いする人が多いんですって。三が日は営業して、その後お休みするって話してらしたわ」

「向こうの座敷《ざしき》に置いておくか。十分冷えてるし、冷蔵庫でなくてもいいだろう」

「奥様。お鍋、もう用意してよろしいですか」

「お願い。私も手伝うわ。響」

聡子に呼ばれて、響ははっとする。

「台所からお鍋、運んでちょうだい。お出汁《だし》が入ってるから重いのよ」

「分かった」

手伝いを頼まれた響は、気のせいだと思うことにして、立ち上がった。皆、いつも通りなのに自分だけ、訝《いぶか》しがっている必要もない。正月早々、考えすぎているなと自分を反省し、鰤しゃぶを満喫してから、ケーキを食べようと気持ちを切り替えた。

しかし、翌日。響は自分の懸念が当たっていたことを、思いがけない形で知った。

江南酒造では、五日を通常の仕事始めにあたる甑始《こしきはじ》め…その年初めて米を蒸すこと…としていた。その為《ため》、塚越《つかごし》と高階《たかしな》は四日までを正月休みとし、五日に出勤する予定だった。けれど、二日の昼前。高階が響を訪ねて来た。

「響さーん。いますかー？　海斗《かいと》ですー」

母屋にいた三葉から響の居場所を聞いた高階は、蔵に入って響を呼ぶ。「ここだー」と答える返事を頼りに、貯蔵タンクが並ぶ区画へ向かうと、タンクの上部を覆うように設《しつら》えられた作業台に響はいた。

その手には櫂《かい》があり、タンク内の醪《もろみ》を撹拌《かくはん》しているようだ。高階は階段を上がり、響の元へ近付く。

「お疲れ様です。一人ですか？」

「ああ。秋田は昨夜遅くまで飲んでたから…起きたら来るだろ。どうした？」

正月休みの間でも酒の発酵は続いており、醪の世話は欠かせない。その面倒は響と秋田でみるので、塚越と高階はちゃんと休むように言われている。

冬の繁忙期は週末の休みも取りづらくなる。だからこそ、正月は十分に休んでリフレッシュして欲しいという響の心遣いを、高階もよく分かっている。

だから、敢《あ》えて手伝いに来たりはしないのだが、どうしても、直接、会って話したいことがあった。

「今日って…奥さんは？」

「母屋にいなかったか？」

「三葉ちゃんしか見かけなかったんですけど」

「朝はいたけどな。出かけるような話もしてなかったから…どっかにいるんじゃないか？」

「そうですか…」

どこか思わせぶりな物言いが気に掛かり、響はタンクに入れていた櫂の動きを止める。

「なんだ？」と聞いた響に、高階は真面目な顔で「実は」と切り出した。

「昨日の夕方…奥さんを見かけたんです」

昨夜といえば。聡子は中浦と共に駅前のケーキ店へ出かけていた。その時に見かけたのだろうかと、響はさして不思議にも思わず聞いていたのだが。

高階が続けた一言に息を呑んだ。

「警察署から出てくるところを」

「……！」

警察なんて言葉が出て来るとは毛頭考えていなかった響は、すぐに声が出せなかった。少し遅れて、「ちょっと待て」と言い、タンク内をかき回していた櫂を片付け、蓋を閉める。

それから、「どういうことだ？」と尋ねる響の顔は、高階以上に真剣なものになっていた。

「うちに来ていた親戚を駅まで送って行って、その帰りに警察署の前を通ったんですよ。そしたら、奥さんが中から出て来て…」

「なんで、母さんが…警察から？」

「分かりません。俺も一瞬、見間違いかなと思って…でも、やっぱり奥さんだったよなと思って。気になって来てみたんですが」

何かあったんですか？と聞かれても、響は答えようがなくて、首を横に振る。ただ、昨日の聡子は様子がおかしかった。

それを思い出すと、心の中がざわざわして、表情も厳しいものになっていく。

「昨夜は…中浦さんと秋田が来て、鍋をやったんだが…その前に、母さんと中浦さんは駅前のケーキ屋に行ってたんだ。クリスマスに食った…あの美味《うま》いケーキの」

「あれ、美味《おい》しかったですよね」

「だから…その頃、駅の近くにいたのは確かだが、警察なんて…聞いてないぞ」

駅前のケーキ屋の場所を正確には知らないが、小さな街だから、警察署も市役所も全部鵲駅周辺に集結している。本当に警察署から出て来たのかと、確認する響に高階は頷《うなず》いた。

「はい。絶対、警察でした」

「……」

よしんば、交通違反などのトラブルがあって、警察署に行かなくてはいけない用事が出来て行ったのだとしても、帰って来てから話すはずだ。聡子なら「大変だったのよー」とか、ことの顛末《てんまつ》を事細かに伝えるに違いない。

それに。中浦と出かける時は、いつも彼に運転を任せる。昨夜も中浦の車で出かけたと話していたから、交通違反があったとしても、中浦の方だろう。

「中浦さんは？　一緒だったか？」

「いえ。奥さん一人でした」

出入りが前後していたのか。それとも。

聡子の方に警察署への用があって、中浦は送って行っただけだったのか。

「電話でもよかったんですけど、なんか気になって」

「ありがとう。ちょっと…俺から聞いてみる。悪かったな。休みなのに」

「とんでもない。じゃ、俺は奥さんに会わずに帰りますね」

ああ…と頷き、響は帰って行く高階を見送った。急ぎでやらなくてはいけない仕事だけ終えると、蔵を出て母屋へ戻る。

高階は三葉しか見かけなかったような話をしていたから、聡子は出かけたのか確認する為に縁側から三葉の名前を呼ぼうとしたところ。

「あら、響。もう終わったの？」

洗濯かごを持った聡子が広縁を歩いて来た。ちょうどよかったと思い、聡子を手招きして呼び寄せる。

近付いて来た聡子が立ち止まると、響は庭に立ったまま、高階の話を伝えた。

「今、海斗が来て…昨日、母さんが警察から出て来るのを見たって言ってたんだが」

「……」

警察と聞いた途端、聡子は顔付きを変えた。強張《こわば》った表情を見て、高階が目撃したのは聡子だったのだと響は確信する。

だとしたら。

「どうして…警察なんかに？」

理由を聞かれた聡子はすぐに答えず、手にしていた洗濯かごを横に置いて、広縁に膝を突いた。正座した聡子はしばらく迷っていたが、意を決したように口を開く。

「…大晦日《おおみそか》の夜に…あなたたちが神社に出かけた後、…電話があったの」

「電話って…誰から？」

「環《たまき》」

兄の名前を聞いた響は目を見開き、聡子を凝視した。聡子は視線を落としていて、響を見ていなかった。

その顔には深い葛藤が表れていて、自分が動揺するわけにはいかないと、響は自分自身に言い聞かせる。自分が受けた衝撃よりも、聡子は何倍も大きな衝撃を受けたはずだ。

更に、「だから」と納得する。昨日、聡子がぼんやりしていたり、考え込んだりしていたのは…。

「…それで、警察に…？」

低い声で尋ねる響に対し、聡子は頭を小さく動かして答える。響は聡子の隣に腰掛け、何を聞こうか考えた。

実家に戻ってから、今まで、環から連絡があったと聞いたことはない。聡子の様子を見ても、失踪してから初めてだったのだと分かる。

どうして今になって電話してきたのか？　何の為に？　どこにいるのか？　何をしてい

るのか？

色んな質問が頭に浮かんだけれど、口をついて出たのは。

「…元気そうだったか？」

そんなふわりとした問いだった。聡子はもう一度、こくりと頷いた。

「たぶん。声は…割としっかりしてたと思うわ」

「そうか…」

よかったと言い、響は口ごもる。たくさんの質問が頭に浮かんでいるのに、どうしても続けられない。

それは聡子も同じようだった。

「…どこにいるのかとか、何してるのかとか…聞かなきゃいけないことはたくさんあったのに、何も言えなかったの。あんまりにもびっくりしちゃって…。『元気？』って聞くのが精一杯だった」

「分かる」

「ラグビーの…小倉《おぐら》さんがいらして取材を受けたじゃない。あれを見たんですって。響にすまないって謝って欲しいって…頼まれたわ」

「……」

環がWEBの記事を読んだと聞き、響は意外に思った。インターネットは無数の情報で溢《あふ》れている。その中で特に話題になったわけでもない一つの記事に辿《たど》り着《つ》くには、自らが検索しなくてはならない。

いなくなってからもずっと、環は江南酒造のことを気にかけていて、ネットで情報を得ようとしていたのではないか。そうでなければ…。環が記事を見たのは偶然だとは思えない。

「…他には？　何か言ってなかったか？」

「特には…。響に申し訳ないことをした…すまない…悪かったって、伝えて欲しい…って言うから、何も言えなくなっちゃって…。そんなこといいから…って言いかけたら、電話が切れたの」

「母さんが警察に行ったのは、番号を調べて貰《もら》う為だったのか？」

着信があった番号を詳しく調べれば、環の居場所が分かるかもしれない。そんな期待を抱いて行方不明者届を出してある警察署を訪ねたのかと聞く響に、聡子はちょっと違うのだと首を横に振った。

「環は公衆電話からかけて来たのよ。だから、最初は神社に行ったあなたたちが事故でも起こしたのかとびっくりして…慌てて出たら環だったの。公衆電話じゃこっちからかけ直すことも出来ないじゃない。真っ先に何処《どこ》にいるのか聞くんだったって後悔してたら、中浦くんが公衆電話でもおおよその場所くらいは分かるはずだって言うから、警察に相談しに行ったの。でも、事件じゃないから調べられないんですって」

行方不明の息子が何処から電話をかけて来たのか。それを知りたくて警察を頼ろうとしたものの、民事不介入を盾に断られてしまったと、聡子は肩を落とす。

自分の対応がまずかったと悔やむ聡子を、響は仕方ないと慰めた。

「俺が電話に出たとしても同じことになってたと思う。…母さんが…兄貴の声を聞けただけでよかったよ」

「……」

隣を見ると、聡子は背中を丸めて俯《うつむ》き、脚の上に置いた手をぎゅっと握り締めていた。息を吸う音が微《かす》かに聞こえる。泣いているのかもしれないと思ったら、その顔は見られず、握り締めた拳の上にそっと掌《てのひら》を重ねるしか出来なかった。

聡子から話を聞いた後、響は高階に電話をかけた。環のことは言えず、運転免許に関する質問に訪れたらしい…と適当な嘘《うそ》を吐いて、心配をかけたのを詫《わ》びた。

環から電話があったのはひとつの進展ではあるが、居場所も連絡先も分からず、こちら側からはどうしようも出来ない状況は変わらない。

だから、今まで通り過ごしていくしかないのに、心の底にもやもやしたものが溜《た》まっているのを感じて、響は正月休みが終わる前に佐宗《さそう》の元を訪ねた。

鵲温泉で一番の老舗旅館である鵲亭には歴史ある木造建築の本館と、十年ほど前に増築された新館の二つの建物があり、その間には錦鯉《にしきごい》の泳ぐ池を中心とした広い庭がある。

響にとっては、佐宗や他の幼馴染《おさななじ》みたちとよく探検ごっこをした、思い出の庭だ。

「久しぶりに入ったな。ここ。変わらないなあ」

「これだけの庭を維持するのも大変なんだぞ」

「分かる。庭って金かかるよな」

江南酒造にも中庭があり、母屋側にも別の庭がある。それらや山側の木々などを管理する為《ため》に定期的に手入れを頼んでいるのだが、年間にすると結構な額を支払っている。

子供の頃は庭に金がかかるなんて思いもしなかった。池を眺めて呟《つぶや》く響に、佐宗は「で」と用件を聞いた。

「何かあったのか？　お前は正月休みだろうが、うちは稼ぎ時だ」

俺は暇じゃないんだ。真面目な顔で言う佐宗に、響は「すまん」と苦笑する。

通常時は日帰り入浴を行っているが、年末年始は宿泊客だけの応対になるので、昼ならいいかと思って、連絡もせずに訪ねて来た。事務所にいた佐宗は驚き、庭へ行こうと響を誘った。

本館の、今はもう使われていない客室に繋《つな》がる縁側に並んで腰掛ける。ちょうど日の当たる頃で、屋外でもさほど寒さは感じなかった。

「兄貴が母さんに電話して来たんだ」

「……！」

迷惑げに稼ぎ時なんて口にしたけれど、響が大人になってから仕事以外の用件で旅館まで訪ねて来たことはかつてなく、何かしらの事件が起きたのだろうと予想はしていた。

しかし、環からの連絡というのは、全く頭になくて、佐宗は戸惑った表情になる。

「環さんって…今、どこにいるんだ？　何してるんだ？」

びっくりしながらも、ちゃんとした問いかけを口にする佐宗に、響は苦笑する。自分と聡子には出来なかったことだ。

「分からない。母さんは動揺して、何も聞けなかったみたいなんだ。電話も公衆電話からで、…母さんが警察に行って、公衆電話の場所が調べられないか聞いてみたんだが、無理だと言われた」

「そうか…。環さんは…どうして？」

今になって連絡して来たのか。佐宗の疑問は誰しもが抱くものだろう。

環が失踪してから、三年半以上が経《た》っている。失踪直後は聡子も必死で捜し回っていたが、響が江南酒造に戻り、一年が過ぎる頃には、その動きも目立たなくなった。

佐宗も以前は響に会う度に、連絡はないのかと確かめたりしていたが、それもいつしかしなくなった。今では、環の話題が上ることはほとんどない。

環は戻るつもりはないのだろう。誰しもがそう考えていたのに、どうして…と聞く佐宗に、響はWEB記事の話をする。

先月公開されたインタビュー記事を読んで、江南酒造の現状を知り、自分に謝って欲しいと聡子に伝えたかったようだと聞いた佐宗は、微かに眉を顰《ひそ》めた。

「てことは…環さんは今でも江南酒造を気にかけてはいるんだな…？」

毎日大量の情報が生まれては消えるネットの世界では、わざわざ検索しなければ特定の情報には行き着けない。江南酒造がどうなったのか、環は心配していたのか。

そんな佐宗の問いかけに、響は「みたいだな」と相槌《あいづち》を打ち、庇《ひさし》の向こうに見える青い空に目をやる。昨日は曇っていたが、今日はよく晴れている。

明日の朝からはまた酒造りが始まる。一年で一番寒くなる一月。酒造りは繁忙期を迎える。こんな風にぼんやり考える暇もなくなるだろう。

いずれ、環から電話があった記憶も薄くなる。今の江南酒造は環がいなくても成り立っているのだから。

もう新しい道を歩んでいる。

「環さんは、どうしたいんだろうな」

隣の佐宗がぽつりと呟いた言葉は、響の心の中に大きく存在しているものだった。

環はどうしたいんだろう。

ずっと、考えてしまっている。

「…戻って来たいんだと思うか？」

「だが、帰って来たところで居場所はないだろう」

「あそこは兄貴の家だ」

「お前の家でもある」

まるで、自分は部外者であるような物言いに聞こえ、佐宗は即座に指摘した。そういう風に育てられたせいか、響はいまだに江南酒造の主役は兄だと思い込んでいる節がある。けれど、既に主役が交代していることを、環だって分かっているに違いない。

「お前は実の兄だし、おばさんの気持ちを考えたりして、庇《かば》うかもしれないが…現実的な見方をすれば、あの状況で全てを放り出して逃げた環さんが戻って来ても、居場所はないと思うぞ。中浦さんはともかく、秋田くんや楓《かえで》ちゃん、海斗くんは、社長だった環さんが逃げ出しても残って一緒に苦労してくれたわけだし。それに環さんは酒造りをやめようとしてたんだろ。まあ、でも、あの三人もお前と同じで人がいいから、許してくれるとしよう。でも、外の目は違う。銀行だって取引先だって、いい顔はしないはずだ」

「……」

「商売には関わらず、家に住むだけなら…まあ、自由だよ。環さんには相続権もあるわけだし、権利はあるんだろう。おばさんだって実の息子なんだから、戻って来て欲しいだろうしな。けど、何のかんの言って、ここは田舎だから。人の目は厳しい。それに環さんが耐えられるか…耐えるつもりがあるのか」

微妙じゃないか…と言って、佐宗は肩を竦《すく》める。佐宗の意見は当たり過ぎていて、響は何も言えなかった。

その通りだ。どんな暮らしをしているのか分からないが、自分の家なのだから、戻って来たらいい。自分や聡子がそう思ったとしても、実際、困難な現実を突きつけられるのは環なのだ。

考え込む響の横で、佐宗は環の話を始める。

「環さんって子供の頃は…内気で引っ込み思案なところがあったじゃないか。俺がお前を誘いに行って、一緒にって声かけてもいつも習い事があるからって断られたし。余り接点ないまま大人になって…お互いに実家を継いでからは、商工会の青年部の役とかでよく顔を合わせたんだよ。江南酒造の社長だった環さんは子供の時とは全然違ってて…なんていうか社交的なビジネスマンみたいな感じになってた」

佐宗が環について話すのは初めてかもしれないと、響はぼんやり考える。帰って来てからは消息を確認される程度のやりとりしかなかった。

社交的なビジネスマンという表現は好意的には聞こえない。子供の頃にあった距離とは違う、佐宗の戸惑いみたいなものが感じられた。

「こんな人だったかなって思ったけど、何をしても目立つお前の印象が強かったから分からなかっただけで、こういう面もあったんだなって思ってた。田舎には不似合いな都会のコンサルティング会社と契約したり、アドバイザーとか入れたり…業務拡張もハイスピードで、見てて大丈夫かなって思うところもあったけど、成功してるように見えてたからさ。実はビジネスに向いてたんだなって…。でも、ある時…秋の鵲神社の祭りで一緒になった時に、家の仕事じゃない、違う仕事がやりたくなかったかって聞かれたんだ。俺は旅館の仕事が好きだし、他に考えられなかったから、ないって答えて、環さんはあるのかって聞き返してみたら…」

「…あるって？」

「いや。はっきりそうは言わなかったけど、ないとも言わなかった。自分は酒蔵を継がなきゃいけなかったからって」

長男だから。跡取りとして育てられたから。そんな使命感に縛られていた環は、自分は跡取りではないと思い込んでいる響と似ている。

役割なんていつでも交代すればいい。交代出来る相手がいるんだから。一人息子の佐宗が呟くのを聞きながら響は神妙に考え込む。

その横顔を見て、佐宗は「それより」と続けた。

「俺が気になってるのは、もしも、環さんが戻って来たら…お前はどうするかってことだ」

「どうするって…」

「一緒にやるのか？」

以前の響ならば、環に任せて自分の人生に戻って行ったのかもしれない。けれど、今はもう江南酒造が響の人生になっているのではないか。

今の江南酒造は響なしでは成り立たない。

そう指摘する佐宗に、響は何も言えなかった。確かに、以前は環が戻ってくるまでと考えていたけれど…。

「お前がいないと話にならないぞ」

強い調子で言い切る佐宗に、響は小さく「そうかな」と返す。「そうだ！」と返って来た声は大きく、池の鯉《こい》が驚いたように飛び跳ねた。

鵲亭から江南酒造へ帰ると、庭の端に作った畑で三葉が大根を抜いていた。

「手伝おうか？」

「あ、響さん。お帰りなさいませ。いえ、大丈夫です。これ一本だけですので」

三葉がやって来てから復活した庭の畑には冬野菜が何種類も植えられている。三葉が収穫した大根も、秋から品種や時期をずらして植えているものだ。

冬本番を迎え、大根は甘みを増して美味《おい》しくなっている。土を払いながら、風呂吹き大根にするつもりだと三葉が話すのを聞いて、響は「美味そうだ」と相好を崩した。

「あれも作ってくれ。挽肉《ひきにく》の入った味噌《みそ》」

「承知しました。肉味噌をかけるとボリュームも出ていいですよね。…響さん」

「ん？」

「何かあったのですか？」

じっと顔を見つめて聞いてくる三葉を、響は真《ま》っ直《す》ぐに見返す。何も言っていないし、表情がおかしかった覚えもない。

三葉の炊いた大根の美味しさを想像していたから、にやついていたくらいなのに。何故《なぜ》変調を感じ取られてしまったのか分からず、響は困った気分で頭を掻《か》いた。

「変な顔してるか？」

「変ではありませんが…」

なんて言えばいいか分からないが、どことなく様子がおかしい。三葉には野生の勘めいたものがあるなと思いながら、その場にしゃがんで目についた雑草を引っこ抜く。

「…お前には兄さんがいるんだったよな？」

「はい」

「どんな人だ？」

唐突な質問に、三葉は不思議そうな表情を浮かべる。手に持っていた大根を、収穫用のかごに置いてから、兄について話した。

「兄様は…家のことで毎日とても忙しいのですが、きょうだいのことをいつも考えてくれています。賢くて、責任感が強くて、頼りになって…兄様がいないと家が回りませんので、大切な存在です」

「…そうか」

三葉の父は旅に出ていて、兄が代わって家を仕切っているという話を聞いた。しっかり者の三葉が褒めるのだから、よく出来た兄なのだろう。

それにきょうだい仲もよさそうだ。うらやましく思って、頷《うなず》いた響に、三葉は問い返す。

「響さんにもお兄様がおいでなんですよね？」

失踪した経緯を聞いているからか、三葉の声は気遣うようなものだった。

響は頷き、環について話す。

「俺の兄は…どんなだったかな。…うちは余り仲がよくなくて…十五までしか一緒にいなかったしなあ」

三葉のように自慢げに話すことはとても出来ない。それほど、相手のことを知ってはいないからだ。

内気で引っ込み思案だったと佐宗が言うのを聞いて、そうだったかなと首を傾《かし》げた。友達と遊び回っていた自分とは違い、習い事漬けだった環とは、遊んだ思い出も余りない。佐宗との思い出の方がずっと多い。

ただ…ぼんやりした子供の頃の記憶の中での環は。

「優しかった…かな」

立派な経営者になる為《ため》に、環は幼い頃から祖母に厳しく管理されていた。生来の性格もあって、おとなしく控えめだった環とは違い、身体《からだ》が大きく運動神経が抜群で、なんでも言いたいことを口にする響を、祖母は煙たがった。お前は出来そこないだと、いつも詰《なじ》られた。

行儀が悪いと叱られて、食事の途中で食卓から追い出されたりもした。お腹《なか》を空かせて部屋でへこんでいると、環が台所からパンや菓子を持って来てくれた。

食えよ。大丈夫だ。俺が食べたって言えば、おばあさんは何も言わないから。

「…そうだな。優しかった」

微《かす》かに笑って繰り返す響に、三葉はにっこり笑って「そうですか」と相槌を打つ。

「三葉もお会いしたいです」

そんな日が来るのだろうか。苦笑して思いながら、三葉が抱えている収穫物を入れたかごを代わって持つ。

環が戻って来たら自分はどうするのか。佐宗に向けられた問いがじわじわと心に染み込んでいた。

正月休みが終わった江南酒造では酒造りが再開された。一年でもっとも寒くなる大寒の頃が酒造りのピークであり、上等な吟醸酒もこの時期に仕込まれる。

今年最初の三連休が終わってすぐ、三葉が発送の手伝いの為に作業場へ向かっていると、大きなトラックが中庭へ入って来た。秋に仕込みが始まって以来、何度か原材料である米が入荷してくるのを見て来た。

また新たな米が入るのだと思い、原料置き場に寄ってみると、倉庫の扉を開けて秋田が待ち構えていた。

「秋田さん。お米が来たんですか？」

「ああ」

手伝えることはないかと聞こうとした三葉は、秋田の顔がどことなく緊張しているのに気づいた。どうして…と不思議に思う三葉に、秋田は自ら理由を伝える。

「ちょっと特別なやつだからね」

「特別？」

どういう意味なのか聞き返そうとしたところ、トラックから降りて来た運転手の声が聞こえた。いつもの場所でいいかと聞かれた秋田は「お願いします」と返事をして、フォークリフトに乗り込んだ。

たぶん自分に出来ることはないと分かっていたものの、三葉は秋田から聞いた「特別」という言葉が気になって、その場に立って搬入作業を見守った。

米袋が積まれたパレットにフォークリフトのつめを差し込んでトラックの荷台から下ろす。そのまま倉庫内へ移動し、置き場所として用意されていた区画にパレットごと置く。それを数回繰り返し、秋田はフォークリフトを止めて、運転手に挨拶しに行った。

三葉は秋田が戻るのを待つ間、新しく搬入された米袋を見ようと近付いた。特別とは？何が「特別」なのかは、すぐに分かった。

「おお！」

米の袋には品種と品量、精米歩合などが記入されている。江南酒造で使われているのは地元で栽培された瑞《みず》の香《か》なのだが、今回搬入されたのは……。

「山田錦《やまだにしき》……！」

いつもと違う銘柄であるのに気づき、三葉は声を上げる。山田錦はいわずとしれたブランド酒米で、日本で一番作付け面積の広い酒造好適米だ。その特性から吟醸酒や大吟醸酒などに使用されることが多い。

まさか…秋田は…。三葉がある仮説を立てていると、運転手を見送った秋田が戻ってくる。

「あれ？　三葉ちゃん、まだいたんだ？」

「秋田さん！　山田錦！　ですね！」

「おお。気づいた？　そうなんだ」

興奮した顔付きで「山田錦」と口にする三葉に頷き、秋田は新しく入荷した米袋の横に立つ。大事そうに米袋を撫《な》でて、不敵な笑みを浮かべた。

「山田錦…精米歩合は三十八パーセント…ふふ」

「ということは…もしかして…」

「そうなんだよ。三葉ちゃん」

「大吟醸ですね？」

ぱっと顔を輝かせて聞く三葉に、秋田は大きく頷く。大吟醸酒は五十パーセント以下に精米した米を使い、時間をかけて低温でじっくり発酵させる、手間暇かかる高級酒だ。

江南酒造では過去に造っていたと聞いたが、今は人手もなく、余裕もないので造れないのかと思っていたのだが。

「ちょっとチャレンジしてみようかなと思って。大寒の仕込みにあわせて」

一月に迎える大寒は一年で一番冷え込む頃だけに、日本酒の仕込みにはうってつけだ。

中でも低温での発酵を必要とする大吟醸には最適で、多くの蔵で大寒仕込みとして大吟醸酒を出していたりする。

「楽しみです！　でも、いつもの瑞の香でないのはどうしてなんですか？」

「やっぱり山田錦の方が扱いやすいんだよね。山田錦って有名なだけあって、優れててね。大吟醸では麹《こうじ》を『突き破《はぜ》精麹』っていう状態にしなきゃいけないんだけど、それがやりやすいんだよ。山田錦の心白は線状心白で高精白にも耐えられるし、製麹《せいぎく》の時に麹の菌糸が中心までちゃんと入るんだ」

「ほほう…」

「麹に関しては楓ちゃんにとってのチャレンジになるんだけど」

製麹と呼ばれる麹造りは塚越が得意としていて、秋田と共に中心的役割を担っている。塚越の成長の為にも、大吟醸を造ってみたかったと話す秋田に、三葉は「頑張って下さい」と応援する。

秋田はやる気満々の顔で頷き、米の入った袋をもう一度撫でた。

「問題は…中浦さんにどうやって説明するかなんだよねー」

「…え？」

にこにこしながらも、遠いところを見つめて秋田が呟《つぶや》くのを聞き、三葉は目をぱちくりさせる。そういえば。以前も秋田は中浦の許可を取らずに仕入れる米の量を増やして注意を受けていた。

まさか、これも？　不安げな表情を浮かべて見る三葉に、秋田はごまかし笑いを返した。

「山田錦って高いんだー。絶対、失敗出来ないよねー」

「もしかして…また中浦さんに…？」

「追加で発注してたの、言ってないんだー」

「秋田さん…」

秋田ならきっと大丈夫だと思うけれど…。湧き出してくる心配を抑え込んで、三葉は秋田と一緒に山田錦の入った米袋を撫でた。

「秋田さんならきっと最高の大吟醸が造れますから！　美味しければ皆さん、買って下さいますから！　三葉が頑張って響さんと売ります！」

「うん。頼んだよ！　三葉ちゃん！」

任せて下さい！　二人で米袋を撫でながらきっと大丈夫だと励まし合う。一月の寒空に「大吟醸最高！」と叫ぶ声が高らかに響いていた。

寒仕込みまっただ中の江南酒造には、年末の繁忙期とはまた違った緊張感が漂い、響と秋田たちは真剣な顔付きで、毎日忙しく働いていた。そんな頃。

「さっむー。今日はマジで寒いー」

「天気予報で雪、積もるような話してましたよ」

「マジか。明日の分の配達、今日、行っといた方がいいかな」

昼休みになり、蔵を出た秋田、塚越、高階の三人は、粉雪舞う中庭を横切って母屋へ向かう。仕事中は薄着で働いていてもさほど気にならない寒さが、休憩になった途端に厳しく感じられる。

身を震わせて座敷《ざしき》へ入ると。

「お疲れ様です！　今日は寒いので味噌《みそ》煮込みにしました！」

「おおっ！」

三葉から発表されたメニューに、三人は目を輝かせて喜んだ。ストーブで温められた座敷は天国のようで、それぞれの席に腰を下ろすと、用意されていた土鍋の蓋を開けた。

「めっちゃ美味そう！」

一人用の土鍋から立ち上る湯気が落ち着くと、赤味噌仕立ての煮汁でうどんが煮込まれており、真ん中には卵が落とされているのが分かった。土鍋の横にはご飯があり、副菜にれんこんのきんぴら、大根とさつまあげの煮物、白菜の漬け物が並んでいる。

早速、土鍋からとんすいにうどんを取って食べ始めたところ、中浦と聡子が入って来た。

「あら。響は？」

「事務所に行くって言ってました。いませんでしたか？」

「ちょっと出てたものだから、事務所に寄ってないのよ」

「奥様。三葉が呼んで参ります」

「いいわよ、三葉ちゃん。腹時計が鳴るだろうから」

呼ばなくても絶対に来る。聡子はそう断言して、三葉にも一緒に食べるよう勧めた。出かけていた聡子は、支度を任せてしまったのを詫《わ》びる。

「全員分の土鍋を用意するのは大変だったでしょ」

「いいえ。仕込んでしまえば、後は火にかけるだけで…土鍋ですと温度も保ちますから。でも、もしも冷めてましたら仰《おっしゃ》ってください。温めて参ります」

「全然大丈夫」

「熱いくらい」

皆は揃《そろ》ってふうふうとうどんに息を吹きかけ、ずるずると吸い込む。全員が美味《おい》しそうに食べてくれている様子なのに、三葉は安堵《あんど》していたのだが。

「本場の味噌煮込みとは違うけど、やっぱり、うどんは柔らかい方が美味しく感じるな」

「そうね。あんなに硬いと煮えてないんじゃないか心配になるわよね」

「硬い…？」

中浦と聡子が交わす会話を聞き、三葉は首を傾《かし》げる。何が硬いのですか？　と聞かれた聡子は、「うどんよ」と答えた。

「本当の味噌煮込みはうどんが硬いの」

「えっ…⁉」

三葉が驚くと、本場で食べたことがあると言う秋田も同意する。

「そうですよね。俺もあれは驚きました。名古屋《なごや》出身の連れと一緒だったんで、本当にこういうものなのか聞きましたもん。そしたら、柔らかいうどんの味噌煮込みはあり得ないって言われました」

「あり得ない？」

では、この味噌煮込みは間違っているのだろうか？　不安になって表情を曇らせる三葉に、聡子は気にしなくていいとフォローする。

「これでも十分美味しいんだから」

「うちはうどん硬いですよ。おばあちゃんが名古屋出身なんで」

せっかくのフォローを台無しにするような一言を高階が口にしたことで、三葉はまた迷宮に入ってしまった。やはり、うどんは硬い方がいいのか？

しかし、硬いうどんなんて…と悩んでいたところ、事務所から響が戻って来た。

「あー腹減った。おっ、味噌煮込みかー。やった！」

皆が食べているのを見て響は喜び、三葉の隣に腰を下ろす。うきうきと土鍋の蓋をとって、うどんを食べようとしたところで、三葉が神妙な表情でいるのに気がついた。

「どうした？」

「…いえ。あの…響さん。喜んでくださっているのに申し訳ないんですが…この味噌煮込みのうどんは…柔らかいんです…」

まるで失敗したかのように告白する三葉を不思議そうに見て、響は皆に理由を尋ねる。

味噌煮込みの本場である名古屋ではうどんが硬いのだという話をしたところ、三葉が気にしてしまったのだという経緯を聞いて、「なんだ」と言った。

「硬かろうが、柔らかかろうが、美味《うま》けりゃいいんだ。それに…」

三葉を諭しつつ、響は手にした箸で土鍋から直接うどんをすすり上げる。ずずっずずっと連続して半分ほどを食べたところで、茶碗のご飯を土鍋に投入した。

「!!」

響の大胆な行動に三葉だけでなく、全員が目を丸くする。味噌煮込みの煮汁は美味しいので、ご飯にかけて食べたりもするが、うどんがまだ残っている状態の土鍋に直接入れるというのは…。

「こうすると残りのうどんを食ってる間にご飯に汁が染みて美味くなるんだ。いい感じに味噌味になったご飯に卵の黄身を絡めて食うと更に美味い」

汁まで全部食べられるし、一石三鳥くらいの価値があるぞ…と響が言うのを聞き、三葉は「なるほど」と相槌《あいづち》を打った。

「だから、うどんが硬いとかやわらかいとか、どうでもいいんだ。美味いぞ。これ」

「…ありがとうございます！」

三葉が作った味噌煮込みはうどんに関係なく、十分に美味いと褒めて、響はあっという間に土鍋の味噌煮込みを平らげる。ほっとした顔付きになった三葉だったが、今度は違う心配が生まれた。

「あの…響さん。もしかして足りませんか…？」

響は最後に来たというのに、一番に食べ終えてしまった。量が少なかったかと心配する三葉に、ご飯のおかわりだけくれと頼んだ。それから、はっとした顔で「そうだ」と秋田に切り出す。

「さっき、連絡があったんだが、取材の日程が決まったそうだ。来週の金曜日にお願いしたいって話だが、大丈夫か？」

「金曜ですね。分かりました」

ライターの森《もり》から雑誌の特集記事に江南酒造を取り上げたいという連絡が来たのは、先月のことだ。それから何度か打ち合わせをして、こちらから希望する日程の候補を挙げていた。

「今度は秋田くんが主役ですからね。頑張ってください」

中浦にはっぱをかけられ、秋田は真面目な顔で頷《うなず》く。前回とは違い、取材対象は江南酒造であり、杜氏《とうじ》の秋田がメインで取り上げられる。秋田の表情は緊張していたが、期待も見てとれた。

「なんか有名な雑誌なんですよね？」

「雑誌ってことは本屋で売るんスよね？　出たら、買いに行かなきゃ」

「酒販店さんとかにも配らないといけないから、駅前の書店でたくさん予約しとかないと」

「秋田さんも有名人になってしまいますね」

「そんな…有名人なんて」

秋田は照れながらも、午後からの仕事についてきぱき指示を出す。おかわりのご飯を受け取った響は、取材の前に秋田たちに話をしなくてはいけないと考えていた。

大晦日《おおみそか》の夜、環から聡子に電話があったことを、高階や塚越だけでなく、秋田にも話していなかった。

失踪して三年半以上が経《た》つ今も、江南酒造の社長は環だ。響が帰って来た時、代わった方がいいのではという声もあったが、響自身が望まず、問題は先送りにされていた。

江南酒造の社員である秋田たちにとって、環は重要な人物であるものの、電話があったというだけで、どこにいるのかも分かっていない。

繁忙期だけに動揺させるのも申し訳なく、黙っていようと当初は考えていたのだが、思い悩んだ結果、試してみようと思い立ったあることについて、秋田たちの了解を取らなくてはいけなかった。


取材前日。その日の仕事がおおよそ終わったところで、響は皆に話があると切り出した。

取材についての話かと考え、何気なく集まった秋田たちは、響の表情が厳しいのに気づいて戸惑う。互いの顔を見合わせ、何事かと心配する三人に、響は大きく息を吸って「実は」と話し始めた。

「兄貴から…連絡があったんだ」

「えっ」

唐突な話に秋田たちは息を呑《の》み、沈黙する。大変な状況に陥った会社から逃げ出した環に対し、三人が複雑な気持ちでいるのは当然だ。

響はまず、高階に嘘《うそ》を吐いたことを詫びた。

「大晦日の夜…母さんの携帯に電話があったんだ。正月に母さんが警察に行ってたのはその件だったんだ。海斗、嘘を吐いてすまなかった」

「そうだったんですか…」

警察署から出て来た聡子を見かけ、心配した高階から話を聞いた後、響は何でもなかったような説明を返していた。正直に話さずに悪かったと、深く頭を下げる。

高階は慌てて、「やめて下さい」と頼んだ。

「響さんにも…色々あると思うので…」

「で、どこにいるんですか？」

ぶっきらぼうな言い方で尋ねたのは塚越で、響は分からないと答える。

「母さんも突然過ぎて戸惑って…何も聞けなかったらしい。兄貴は公衆電話から電話して来てて、せめてどこの公衆電話からかけて来たのか、調べて貰《もら》えないかと警察で頼んでみたが、事件じゃないから無理だと断られたんだ」

「じゃ、何してるとかも…」

分からないと、響は首を横に振る。次に秋田が「どうして」と疑問を口にした。

「社長は電話して来たんですか？　何か…あったとか…」

失踪当時はかなり大がかりに捜索しても見つからず、よくない噂《うわさ》まで流れた。三年半以上も音信不通だったのに、今になって連絡して来たのには、どういう理由があるのか。

健康面での心配をしているらしい秋田に、響は声はしっかりしていたらしいと伝える。

「この前の…小倉さんとのWEB記事を見て、うちの状況を知って、連絡して来たみたいだ」

自分に対し謝罪していたという話はしなかった。

環が先に謝るべき相手は秋田たちだ。

特に環に振り回された挙げ句、その後を押しつけられた秋田は一番の被害者とも言える。秋田が入社した時、環は突然亡くなった父親に代わって社長に就任していた。それから失踪するまでの間に、江南酒造の会社としての方針は秋田の望まない方向へ変わっていった。

環が酒造りをやめると言い出した時には、秋田の頭には転職という言葉が浮かんだに違いない。環に対する思いを秋田に直接聞いたことはないが、いい感情を抱いていたとは思い難《がた》い。

かつての憤りを思い出し、今更…と怒ってもおかしくないのに、その表情には安堵が浮かんでいた。

「そうですか。元気なら…よかったです」

そんな秋田を、塚越がむっとした顔で注意する。

「秋田さんは人がよすぎっすよ。怒ってもいいんですからね」

「そうかな。でも…うん、まあ。元気ならよかったなって」

「そりゃそうですけど…」

秋田の代わりに怒ろうとした塚越は、続けて何かを言おうとしたが言葉が出て来ず、神妙な顔付きになる。そんな様子を見て、響は佐宗が言っていた言葉を思い出した。

あの三人もお前と同じで人がいいから。つまり、貧乏くじを引きがちな面子《メンツ》なんだよな
…と心中で嘆息して、自分の考えを伝えた。

「あのWEB記事を見たってことは、江南酒造の情報を気にかけてるんだと思うんだ。だから、明日受ける雑誌の取材で、兄貴へのメッセージを入れて貰うように頼んでもいいだろうか？」

「メッセージって…」

「社長に『連絡下さい』的な？」

確認する高階に、響は重々しく頷く。明日の取材の主役は江南酒造であり、杜氏の秋田である。秋田の酒を宣伝する為《ため》に受ける取材だから、三人の同意が必要だと考えた。

秋田は「もちろんです」と頷きながらも、困惑を浮かべて質問する。

「それで…社長から連絡があったらどうするんですか？　帰って来て貰うように頼むとか…」

「皆、兄貴に対して思うところがあるだろうが、俺は…帰って来るべきだと思うんだ。兄貴は今でも江南酒造の社長で、江南家の跡取りなんだ。どっかにいるなら帰って来て、江

南酒造のこれからを考える責任があると思う」

響の言葉を聞いた三人は沈黙した。全員が困惑し、何も言えなかった。

どん底まで落ちていた江南酒造に、ようやく光が差し込みかけている。よし、これからという時期に、環という不穏分子が入り込むのを歓迎する者はいなかった。

言葉はなくとも、三人が不安に思っているのはよく分かり、響はぎゅっと拳を握り締める。

ここで自分が言うべきなのは、「環には戻って来て貰うつもりだが、勝手な真似《まね》はさせない。これまで通りやっていけるように、自分が盾になる」という一言だ。

よく分かっている。分かっているのに、どうしても響は口に出来なかった。

弟として、環の苦労を知っている。環は子供の頃から、跡を継ぐべく努力していた。それがうまく実を結ばなかったとしても、江南酒造が環の居場所であるのに変わりはないはずだ。

「…馬鹿馬鹿しく思われるかもしれないが、俺の中で、兄貴は長男で跡取りなんだ。帰って来た兄貴が会社をもう一度やりたいと言うのなら、任せるしかないと思ってる」

「……」

「兄貴に任せるとしたら、どういう形で江南酒造を続けていくつもりなのかを聞いた上で、俺もどうするか決めたい。秋田も、楓も、海斗も。その上で、先を決めて貰いたい」

勝手なことを言ってすまない。響は三人に対し、頭を深く下げた。

もどかしい思いで立ち尽くす響を見つめたまま、三人はしばらくの間、沈黙していた。

今の状況を覆すかもしれない、深刻な内容だ。

最初に「分かりました」と返事したのは秋田だった。それに続くように、塚越が頷き、高階もこくこく頭を動かす。

「まあ…社長から連絡があるかどうかは分からないですし…」

「戻ってくるかどうかも」

全てが変わってしまうと決まったわけじゃない。それよりも、今は。

「取《と》り敢《あ》えず、明日の取材をどう乗り切るか、ですよね」

「取材かあ。また写真撮られちゃうかな」

「いいんですか？　プリン」

塚越の髪は更に伸びて、根元の黒い部分が増えている。気にしなくていいのかと聞く高階に、塚越はどうせ何かしらを被《かぶ》っているから構わないと学習したのだと返した。

「この前だって結局、帽子被ってマスクしてた写真だった上にこーんな小さくしか写ってなかったから、あたしだって分からないって言われたもん」

「確かに。俺もどれなのか分からないって言われました」

「秋田さんはたくさん撮られるだろうから、ちゃんとした方がいいっすよ」

「ちゃんとって…今でもちゃんとしてるつもりなんだけど？」

何処《どこ》がちゃんとしていないか教えて欲しいと焦る秋田に、塚越と高階は冷たい視線を返す。秋田は仕事柄もあって清潔ではあるのだが、年下の塚越たちから見ると、いつも微妙に垢抜《あかぬ》けない格好をしている。

仕事中なので作業着でごまかせるから大丈夫という二人の助言に、秋田は困り顔になる。

そんなやりとりを見ながら、響は微笑《ほほえ》んで、心の中でもう一度深々と三人に対して頭を下げた。


次の日。早朝からいつも通りに甑《こしき》で酒米を蒸し、合間に朝食を取って、出来上がった蒸米をそれぞれの工程に振り分け…と忙しく働いていると、十時を過ぎた頃に、蔵へ三葉が呼びに来た。

「響さーん、秋田さーん。取材の皆さんがいらっしゃいましたー」

大寒前の一番忙しい時期だから、取材陣の出迎えは中浦と三葉に頼んでいた。来たら呼んで欲しいと頼んであったので、知らせに来た三葉に礼を言い、あとを塚越と高階に任せて蔵を出る。

事務所で待っていたのは、小倉の取材で世話になったライターの森と、料理全般を専門に扱っている雑誌「美味満載」の編集者とカメラマンの三名だった。

「おはようございます。先日はありがとうございました」

響と秋田が事務所に入ると、応接用のソファに座っていた三名が立ち上がった。面識のある森が最初に挨拶し、他の二人を紹介する。

「こちらが『美味満載』の編集の宇都宮《うつのみや》さんと、カメラマンの今津《いまづ》さんです」

「お忙しい時期にお邪魔してすみません。宇都宮です」

「今津です」

それぞれが名刺交換して、取材の段取りについて話し合う。前回は小倉が主役で、江南酒造というよりも、鵲瑞《じゃくずい》という酒を紹介するような記事だったが、今回は江南酒造の酒造り全体を取材したいという希望を受けていた。

「今日一日、仕事を見せて頂きながら話を伺って、明日は朝から蒸米の様子も見学させて頂けますか？」

「了解です。宿の方は…」

「お薦めして頂いた『鵲亭』さんを予約しました」

森から取材日程についての連絡を受けた際、二日にわたって細かに取材したいと言われ、宿泊先として「鵲亭」を紹介した。

雑誌「美味満載」は月刊誌で、毎月五日に発行される。各月の特集はまちまちだが、毎年三月に発行される号では日本酒を特集するのが定番で、日本各地の酒蔵が醸す銘酒の情報が掲載される為、日本酒ファンの間では必読書とされている。

そして、酒蔵側としては全国的な知名度が上がる上に、有名な蔵を取材して来た「美味満載」に掲載されるのは、ステイタスにもなる。売上向上も十分に期待出来るまたとないチャンスなのだ。

早速、取材陣を仕込み蔵へ案内し、塚越と高階を紹介する。その後、秋田が作業工程を説明しながら、森と宇都宮から向けられる質問に答えた。前回とは違い、専門的な話が飛び交う、まさに秋田が主役の取材だった。

そして、昼になると。

「お疲れ様でしたー！　どうぞ、こちらへ！」

三葉と聡子が作る昼食を是非食べて欲しいと伝えてあったので、森たちも一緒に母屋の座敷《ざしき》へ上がった。

三人の為に用意した座卓には、煮豚丼と具だくさんの味噌汁《みそしる》、シンプルなキャベツサラダに特製にんじんドレッシングをかけたもの、小松菜のおひたし、長芋磯辺《いそべ》揚げ、白菜の漬け物…などが並んでおり、「わあ」と歓声が上がる。

「すごい！　美味《おい》しそう！」

「これ、まかないなんですか？」

「はい。三葉と奥様でこしらえております。お口に合えばいいのですが…今、お茶をお持ちしますね」

腰を下ろす前に、カメラマンの今津が並べられた昼食や、響たちが食べている様子を写真に収めた。それから、腰を下ろして食べ始める。

三葉が用意した煮豚丼は、厚めに切って煮込んだ豚バラ肉をほかほかご飯に載せ、煮汁をかけたもので、響たちにも評判がいい。煮豚と一緒に盛りつけられている煮玉子は半熟で、半分に切ったそれからはとろりと黄身が零《こぼ》れている。

「…この、煮豚、美味しい！　脂が多めだから重いかなと思ったけど、さっぱりしてる」

「煮玉子も最高ですよ」

「ほんのり梅の味がするような…」

編集者の宇都宮が難しげに眉根を寄せて呟《つぶや》くのを聞き、そばに控えていた三葉が「当たりです」と答える。

「豚バラの脂がしつこくならないよう、梅干しと一緒に炊いてます。あと、煮汁に番茶を加えてます」

「だから！　ただの醬油《しょうゆ》の甘辛味じゃないと思ってました」

料理雑誌の編集者だけあって、宇都宮は食に目がなく、煮豚丼だけじゃなく、他のメニューについても美味しいと褒めて、三葉に詳しく作り方を聞いた。

「このにんじんドレッシングも美味しいです。千切りキャベツにものすごくあってます。どうやって作ってるんですか？」

「にんじんとたまねぎを擂《す》り下《お》ろしたものに塩と酢と蜂蜜、米油を加えてます。米油はクセがないのでにんじんの美味しさが引き立つような気がするのです」

「確かに。にんじんの甘さが出てますよねー」

料理談義に花を咲かせている内に、違う座卓で食べていた響たちは食事を終えていた。皆が次々と立ち上がるのに気づき、森が驚いて声を上げる。

「早いですね！」

「ゆっくり食べてって下さい。蔵にいますんで」

食べてから来てくれればと言い、響たちは颯爽《さっそう》と座敷を出て行く。宇都宮たち三人も後を追いかける為に食べるペースを上げた。

「いつもあんなに早いんですか？」

「ええ。今は繁忙期なので…昼は食べ終わったらすぐに出て行く感じですねえ」

「こんなに美味しいご飯をかき込むなんて…もったいない…」

惜しみつつも急いで箸を動かし、全て食べ終えて「ごちそうさまでした」と挨拶してから、響たちを追いかけた。

午後からの取材は、仕込み蔵での作業だけでなく、江南酒造全体に及んだ。貯蔵蔵に収められている商品、原料置き場、瓶詰め作業、発送作業まで、みっちりとした取材が終わったのは日がとっぷり暮れた頃だった。

七洞川《ななほら》の向こうに日が沈み、辺りがすっかり暗くなった頃。森たちはまた明日お願いしますと挨拶して、蔵を出た。秋田たちは手が離せなかったので、響と三葉の二人で見送りに出た。

取材陣一行は移動の為《ため》にレンタカーを借りて来ており、駐車場へ向かいながら宿泊先である鵲亭までの道を説明する。

「七洞川を越えたら左折して堤防沿いを真《ま》っ直《す》ぐ走って行くと、看板が出て来ますから。それに従って行くと簡単です。方向的には堤防から右に入る感じです」

「分かりました。ありがとうございます」

「明日は朝食をご用意しておきますので！」

「三葉さんの朝ご飯楽しみです！」

蒸米の様子を取材する為に、三人は早朝六時に江南酒造を訪れる予定となっている。旅館の朝食は時間が間に合わない為に断ったという話を聞いた三葉は、響たちと一緒に食べたらどうかと勧めた。米を張った甑をセットしたら、蒸し上がるまでの間に朝食を食べるのが常だ。

三葉のご飯をすっかり気に入っている宇都宮が、どういったものを作るのかと聞く横で、響は森に話しかけた。

「明日は昼前に出るんですか？」

「はい。新幹線を予約してるので…こちらを十時過ぎに出ようと思ってます。明日は製麹《せいぎく》作業までを撮影させて頂いてから失礼します」

だとしたら。バタバタしてしまい、話せないかもしれないからと、響は頼みがあるのだと森に切り出した。

「掲載される記事の中に…何処でもいいんです。小さくていいので…兄へのメッセージを入れて欲しいんです」

「兄…というと…行方不明だという…？」

前回の取材では触れなかった環の失踪について、今回はきちんと説明した。江南酒造にとって社長の失踪は大きな痛手であり、避けては通れない話題だった。

響は頷《うなず》き、兄はたぶん、雑誌を読むだろうからと続ける。

「今も江南酒造のことを気にかけてるはずなんで、『美味満載』に載ったら絶対に読むと思うんです。なので、俺が兄に帰って来て欲しいと思ってて、連絡を欲しがってるというような内容を、どこかに入れて貰《もら》えませんか」

響の頼みを聞き、森は「分かりました」と頷いた。取材内容はストーリー仕立てにして記事にする予定で、その中で、かつての経営危機を乗り越え…というような文言はどこかに入れなくてはならない。

だから、それに関連する形で入れておく…と約束してくれる森に、響は「ありがとうございます」と頭を下げた。

三人が乗り込んだ車は駐車場を出て、赤く光るテールランプが真っ暗な田圃《たんぼ》の向こうへ遠ざかる。三葉は車に向かって振っていた手を下げると、真面目な顔で呟いた。

「鵲亭さんのご飯は美味しいんでしょうか…」

突然何を言い出すのか。隣に立つ三葉を響は不思議そうに見る。三葉は響を見上げ、宇都宮から聞いた話を伝えた。

「懐石料理というお料理で、有名なんだそうですよ。とても美味しいと評判らしいです」

「あー…みたいだな」

「響さんは召し上がったことが？」

「いや。泊まったことがないからな」

地元だからそんな必要がない。響が言うのはもっともで、三葉は残念そうに溜《た》め息《いき》を吐く。

「そうですよねえ」

「食べたいなら母さんと行って来ればいいじゃないか。あそこは昼食つきの日帰り入浴プランみたいなのがあるぞ」

「なんですか？　それは」

日帰り入浴とは？　怪訝《けげん》そうに尋ねる三葉に、響は旅館に泊まらずとも昼の間に温泉と料理を楽しむことが出来るのだと説明する。

「そ…そんな贅沢《ぜいたく》な…ことをっ…!?」

昼から温泉に入ってご飯を食べるなんて、そんな贅沢をしたら罰が当たると三葉はぶるぶる首を振る。大袈裟《おおげさ》だなと苦笑し、「じゃ」と未来の約束をした。

「今回の取材で、酒がたくさん売れたら皆で行くか」

「……!!　本当ですか？」

「ま、仕込みが終わってからの話だが」

「皆で温泉に行けるなんて…楽しみです！　たくさん売れるように、おまじないを…」

「そうだな」

いっぱいおまじないかけとけよ。早速ぶつぶつ念じ始める三葉を笑って、響はお団子をぽんぽん叩《たた》く。日も落ちて気温がぐんと下がってきている。寒いから戻るぞ…と声をかけ、まだ目を瞑《つぶ》って念じている三葉の腕を掴《つか》んで歩き始めた。

鵲温泉と鵲亭の料理を満喫した森たちは翌日の早朝、再び江南酒造を訪れて取材した。

朝一番で行われる蒸米の工程を見学し、作業する秋田と響を写真に収める。

釜に蓋布をかけて蒸気の上がり具合を確認した後は、蒸し上がるまでの時間を利用して、朝食を取る為に母屋へ移動した。昨日、昼食を食べた座敷では三葉と聡子が朝食を用意して待っていた。

「おはようございます！　朝早くからおいで下さってありがとうございます。たくさん、召し上がって下さいね」

「鵲亭さんの朝食には負けると思うんだけど」

手間暇かけた手作りのご飯だが、美食で有名な旅館にかなうわけはない。少し申し訳なさそうに言う聡子に、宇都宮が十分ですと返した。

「こちらの朝ご飯も美味しそうで…毎朝、こんなに用意してるんですか？」

「はい。響さんも秋田さんもたくさん召し上がりますし、今は仕込み中で、たくさん動きますからお腹《なか》も空くんです」

炊きたてつやつやのご飯に、具だくさんの豚汁。おかずのメインはまんまるの黄身が二つ並んだ目玉焼きと、分厚く切ってこんがり焼いたハム。それにたっぷりの千切りキャベツとスパサラが盛り合わせてある。

その他にも大豆と一緒に炊いたひじき、小松菜と揚げの煮浸し、大根とイカの煮付けなど、副菜が幾つも並んでいる。ご飯と味噌汁《みそしる》はいつでも温かなものがおかわり出来るよう、炊飯器と鍋が座敷《ざしき》に用意されていた。

シンプルだけど、実際に用意するには労力を必要とするに違いない食卓は、一日の活力を与えてくれるものだ。

「ご飯が美味《おい》しい～。やっぱお水が美味しいのかしら」

「一度にたくさん炊きますから、電気じゃなくてガスの炊飯器を使ってるんですよ。そのせいもあるでしょうね」

「ふっくらでつやつやですよね。昨日も思ったんですが、この梅干しも美味しいです。自家製ですか？」

「それは三葉ちゃんが」

ね…と聡子に微笑《ほほえ》まれ、三葉は照れたように頷く。三葉が江南家にやって来た頃はちょうど梅のシーズンで、入院していた聡子に代わって梅酒の仕込みを手伝った。

同時に庭で採れた梅を漬けて、夏の間に干して梅干しにしたものは、美味しいと響たちにも好評である。

「私も毎年漬けるんですが、去年は入院したりしていたので無理だと諦めていたんです。そしたら、三葉ちゃんが代わりに漬けてくれて。私のより美味しかったんで、今年もお願いしちゃおうと思ってます」

「そんな…奥様の梅干しも美味しいです」

謙遜する三葉に、響が空になった茶碗を「おかわり」と差し出す。そのスピードを見て、森たちは置いていかれまいと、食べる速度を上げた。

本当はゆっくり味わいたいのに……と残念がりつつ、響と秋田にあわせて朝食を食べ終えた三人は、一緒に蔵へ戻って行く。蒸米が出来上がれば、すぐに作業しなくてはならないし、他の仕事も山積みだ。

朝は忙しく、洗い物や片付けも多いので、三葉も手伝いに入る。真っ白な蒸気が充満している蔵の中で、出勤して来た塚越や高階も合流して仕事を始めた。

皆が忙しく働く様子を細かに取材していた一行が、「そろそろ」と暇を告げたのは十時になろうとしている頃だった。

「ありがとうございました。また、ゲラになりましたら送らせて頂きますので、確認などよろしくお願いします」

「こちらこそ、ありがとうございました。俺は抜けられないので、ここで失礼します」

「ちょっと送ってくる。すぐ戻る」

秋田たちは蔵の中で挨拶を済ませて作業に戻り、響と三葉が三人に付き添う。途中、中浦と聡子も合流して、駐車場まで見送りに出た。

「お買い上げ頂いたお酒は今日、発送致しますので」

「ありがとうございます。前回、一緒に来た青山《あおやま》も篠原《しのはら》も、すっごく『鵲瑞』を気に入ってて…新酒を楽しみにしてたんで、喜ぶと思います」

「今年は『鵲瑞』、来ますよ」

「だといいんですが」

「何が来るんですか？」

宇都宮が響に「来ます」と言った意味が分からず、三葉は不思議そうに尋ねる。流行が来る…つまり、「鵲瑞」が売れるという意味だと説明を受け、目を輝かせた。

「本当ですか!?」

「森さんから教えて貰うまで、正直ノーマークだったんですが、ポテンシャルを感じて取材をお願いしたんです。東京で飲んだ『鵲瑞』も美味しくて、期待はしてたんですけど、大きく裏切られましたから」

「えっ。裏切られたんですか？」

「いい方へ、という意味です。新しく出される…『じゃくずい』というひらがなの新銘柄を秋田さんに試飲させて貰って、確信しました」

絶対、流行《はや》るって。拳を握って断言する宇都宮に、森も「ですよね！」と同意する。盛り上がる二人に、響は「ありがとうございます」と礼を言って、深く頭を下げた。

「そう言って頂けると、秋田たちも喜びます。本当にあいつら、頑張ってるんで。報われるっていうか…報われるくらい、売れて欲しいんで」

「響さんも頑張ってますから！」

隣から付け加える三葉に、聡子と中浦も頷く。皆で頑張っている。そういう温かな雰囲気もいいのだと、森は笑みを浮かべた。

「チームワークのいい酒蔵さんのお酒って、やっぱり美味しいんですよね」

似たような言葉をどこかで聞いたなと考え、呑《の》み切りの時だと響は思い出す。引退した鑑定官室長の海老名《えびな》が、蔵の雰囲気がよくないと酒の味が尖《とが》ると話していた。

「……」

設備は十分でなく、人手も足りていなくて、大変なことだらけだけど、チームワークだけは自慢出来る。

それが結果として表れているのなら、それ以上に喜ばしいことはない。

「じゃ、ここで失礼します。江南さん。昨日の件、宇都宮にも了解取りましたので」

「あ…はい。よろしくお願いします」

挨拶する森が付け加えた言葉に、響は少しどきりとしながら、頭を下げた。昨日の件というのは、森に頼んだ、環へのメッセージのことだ。

記事の載る号は三月初旬に発売になる。環は連絡してくるだろうか。

環が戻って来たら…今とは同じでいられなくなる。どんな形でも影響は出る。

せっかくのチームワークを壊してしまうことになるのかもしれない…。

「響さん」

迷いに囚《とら》われていた響は、三葉の声にはっとする。森たちが乗った車は駐車場を出て行き、聡子と中浦も事務所へ戻る為《ため》に歩き始めていた。

「蔵へ戻りませんか？」

「…そうだな」

自分で決めたことなのに揺らいでどうする。乗り越えなくてはいけないと覚悟したのだから。

しっかりしろと自分に言い聞かせ、両手でパンと頬を叩く。その音に驚いた三葉が目を丸くするのに、にやりと笑い、「働くぞ」と気合いを入れた。


節分を翌日に控えた二月二日。三葉は聡子に頼まれ、鬼門に植えられた柊《ひいらぎ》の枝を切りに向かった。

江南家の母屋を含む江南酒造の敷地《しきち》は東側に山があり、鬼門となる北東は母屋の庭の角に当たる。かごと鋏《はさみ》を持って庭に出た三葉は、よさそうな枝を見つけ、頼まれた本数を切り取った。

それを入れたかごを手に母屋へ戻ろうとすると、貯蔵蔵から出て来た秋田が目に入った。

「秋田さん！」

「三葉ちゃん。何してんの？」

「柊を取って来たんです」

三葉がかごを掲げると、秋田は近付いてその中身を見る。冬でも青々とした葉の柊の枝が何本か入っていた。

何の為に…と聞きかけて、「あ」と気づく。

「そっか。明日は節分だから」

「はい。柊鰯《ひいらぎいわし》を作るのです」

「ということは…明日は恵方巻きだね」

節分と言えば、秋田にとっては、柊鰯よりも豆まきよりも、恵方巻きだった。七種の具材が入った巻き寿司《まきずし》は美味しいから楽しみだとにんまりする秋田に、三葉はたくさん買い物して来たのだと伝える。

「午前中に奥様とスーパーに行って来まして、巻き寿司の具材を色々買い込んで来ました。定番のもの以外にも色んな種類を作る予定ですので、たくさん食べて下さいね」

「もちろん。あ、そうだ。明日はごちそうになりそうだし、ちょうどいいな」

「……？　何がちょうどいいのですか？」

「うーん。明日になったら分かるよ」

楽しみにしてて…と言い残し、秋田は蔵へ戻って行く。楽しみにしててと言うからには、秋田が何か楽しいことを起こすのだろうか？

首を傾《かし》げつつ、三葉はかごを抱えて母屋の台所へ向かう。

「奥様。これでよろしいでしょうか？」

「十分よ。ありがとう」

「たくさん作るのですね」

「うちは敷地が広いし、色んなところに出入り口があるでしょう。それぞれに柊鰯を飾るって昔から決まってるの」

節分の朝から鰯の頭を焼き、柊の枝に刺して各所の出入り口に飾る。江南家では聡子が嫁に来るずっと前から続けられており、厄除《やくよ》けの意味もあるから、途切れさせるわけにはいかない行事だ。

「鰯の身はどうなさるのですか？」

「いつもは煮て食べるんだけど、三葉ちゃんならどうする？」

「つみれ汁などはどうでしょう？　巻き寿司と一緒に頂くのは」

「いいわね」

ごちそうだわ…と聡子が言うのを聞いて、三葉は秋田の言葉を思い出した。

「そうだ。奥様、秋田さんに『楽しみにしてて』と言われたんですが…」

「何を？」

「それが分からないのです」

どうも明日、何かあるらしい。心当たりはあるかと聞く三葉に、聡子は節分しか思いつかないと答える。

「豆まきで楽しませてくれるとか……？」

「うちは豆まきはしないのよ」

「そうですか…。では……？」

思いつかないと、二人して首を傾げていたのだが。

翌日。三葉は聡子と共に焼いた鰯の頭を柊に刺して柊鰯を作り、母屋や蔵、事務所など、各所にある出入り口に飾って回った。それから、朝食や昼食の準備と並行して、夕飯に出す予定の恵方巻きの下ごしらえに奮闘した。

恵方巻きの定番である七種の具材…だし巻き玉子、きゅうり、桜でんぶ、うなぎ、海老、しいたけ、かんぴょう…を巻いたものだけでなく、変わり種の巻き寿司も用意した。

座卓に巻き寿司が並び、塚越と高階、中浦も揃《そろ》った夕飯の席で、秋田の「楽しみ」が明らかになった。

「これが新しく発売する『じゃくずい』です！」

「おおっ！」

最後に座敷《ざしき》へ入って来た秋田は、蔵から持って来た四合瓶を皆に掲げて見せる。

昨年から、響と秋田が現在江南酒造が販売している「鵲瑞」とは違った、新しいラインを作ろうとしているのは、皆が知っていた。その名前が「じゃくずい」になったのも。取材に来ていた宇都宮たちも、「じゃくずい」用の酒を試飲したと話していた。

そして、とうとう、商品としてお目見えした「じゃくずい」のラベルは、これまでの老舗らしい格式あるデザインとは全く違った雰囲気の、モダンなものだった。

以前、高階が手がけた夏酒のラベルも流行りの感じで、評判がよかったが、「じゃくずい」のそれは一段垢抜《あかぬ》けて見える。

「かっこいいですね。また高階くんが？」

「とんでもない。こんなかっこいいの、出来ません」

「これは俺がデザイナーをやってる知り合いに作って貰《もら》いました。最初、文字だけ書いて貰って、海斗に頼もうかと思ってたんですが、会社から独立したので仕事として任せて欲しいと言われまして。なので、請求書が来るかと思います」

よろしくお願いしますと、秋田は中浦に頭を下げる。プロに頼んだのなら当然だと中浦は言い、支払いは任せてくれと請けおった。

「それに長く続けるものならば、やはりプロに任せた方がいいでしょう」

「海斗のやつもよかったけど、やっぱ…なんか違うよな」

「当たり前ですよ。すごいな…なんか、うちの酒じゃないみたいですね」

「中身もだぞ」

瓶のデザインを見て盛り上がる一同に、先に商品としてのそれを味見している響が不敵な笑みで教える。

早く飲もうと盛り上がり、三葉が台所へ走っておちょこを持って来た。栓を開けた酒を順番に注いで、中浦以外の全員に配る。

「では…新しい秋田の酒が売れますように」

響の挨拶に続いて、皆で「売れますように」と唱和して、おちょこに口をつける。一口飲んだ途端、全員がどよめいた。

「うっま…!」

「マジ…うまい…」

塚越と高階は「じゃくずい」として売る予定だというタンクの酒は、既に口にしていた。秋田から意見を聞かれ、相変わらず美味《おい》しいとしか返せず、落胆されたりもした。

本当に美味しいとしか言いようがないのだと秋田に弁明したのだが、商品として出来上がったものも、同じく言葉を奪う味だった。

それでも一口飲んだだけで、気持ちが昂《たか》ぶって、不器用ながらも言葉を繋《つな》げる。

「搾ったばかりのあらばしりとか、中取りとかでも、やっぱタンクから直接汲《く》んで味わうやつは、美味しくて当然みたいなとこ、あるじゃないすか」

「分かります。あれに負けてないですよね。これ」

日本酒にとって酸化は敵で、瓶詰めする際も可能な限り、空気に触れないよう注意を払っている。瓶詰めするとどうしても鮮度が落ちてしまい、味もそれなりになったりするものだが、その微妙な劣化を感じないと話す二人に、秋田はうんうんと大きく頷《うなず》いた。

「ほんっとう…に美味しいわねえ」

初めて「じゃくずい」を飲む聡子は、おちょこを空にして、両手で頬を押さえて溜《た》め息《いき》を吐く。隣に座る中浦は、秋田の酒は美味しいと常々口にしている聡子が、とりわけ感動しているようなのを見て、「そんなに？」と聞いた。

「中浦くんは飲めないから気の毒って思うこと、多かったんだけど、今日ばかりは可哀想《かわいそう》って思うわ」

「可哀想…なのか…」

そこまで？　と神妙な顔付きになり、中浦は腕組みをする。そして、いつもは酒の味に関して饒舌《じょうぜつ》な三葉が、固まっているのに気づいて、「三葉さん？」と声をかけた。

おちょこを手にしたまま放心していた三葉は、中浦の声にはっとし、きょろきょろと辺りを見回した。近くにいる秋田を見つけ、視線を合わせると、「秋田さん！」と呼びかける。

「これは……！　素晴らしいです！　元々、『鵲瑞』は上品な香りのするお酒ですけど、それを更に研ぎ澄ましたみたいな……大吟醸ほど華やかではないけど、存在感のある香りがします。それに……搾りたてのお酒みたいなフレッシュさがあって、なのに、まろやかな……円熟した味で……なんていうか……うちの純米でも、純米吟醸でもない……でも、根っこは同じような……うーん……なんて言えばいいのか……」

その美味しさに感動しすぎて言い淀《よど》む三葉に、塚越と高階は何度も頷いて同意する。言葉にならない。それくらい、美味しい。そんな共通項を見いだし、全員が「美味しい」と秋田に伝えると、彼は腹の底から息を吐いて、緊張していた身体《からだ》から力を抜いた。

「よかったー。他の酒と変わらないって言われたら……新しいラインを起《た》ち上げた意味がないんで、どうなのかなーって心配してたんです。よかったー」

皆から及第点を貰えたと秋田はほっとして笑みを浮かべる。その顔を見て、響も安堵《あんど》して、「よかったな」と声をかけた。

年末年始も休みなく秋田と併走して来た響は、彼の苦労を多く見ている。一番身近な存在である蔵の仲間に納得して貰える味になっているだろうかと、不安を抱いていたのも知っている。

塚越や高階や、三葉たちにも、心から美味《うま》いと言って貰えて、本当によかった。

「これはあれです。『来ます』よ。響さん」

「だな」

鼻息荒く、編集者の宇都宮から言われた言葉を使う三葉に、響はにやりと笑っておちょこを差し出す。おかわりを注いでくれと響が頼むと、次々手が挙がった。

「及第点どころじゃないですよ、秋田さん。三葉、あたしもおかわり」

「感動もんです。三葉ちゃん、俺もおかわり」

「すごいわねえ、秋田くんは。三葉ちゃん、私もおかわりくれるかしら?」

「ありがとうございます。でも、響さんも、楓ちゃんと海斗もほどほどにしてくれるかな? 飯食った後も仕事待ってるからねー」

節分のごちそうにあわせて、お披露目会をしただけなので、存分に飲んで酔っ払われるわけにはいかない。秋田から控えるように頼まれた響たちは残念そうに了解し、聡子と三葉も皆にあわせてあと一杯だけにしようと決めた。

「じゃ、恵方巻きを食べましょうか」

毎年、節分の夕飯は、まず、皆で恵方を向いて巻《ま》き寿司《ずし》を頬張ることになっている。今年の恵方は南南東よ…と聡子に言われ、皆で恵方巻きを持って南南東の方角を向いた。

響と秋田は通常サイズ、他の皆には食べきれる小さなサイズのものを用意した。恵方を向いて無言で巻き寿司を頬張り、一年の無病息災を願う。

「ふう…ようやく食べ切れた。しっかし、毎年思うけど、なんでこんなことするんだろう？」

首を傾げる塚越に、聡子も同意する。

「私も実家ではやらなかったから不思議なんだけど…お嫁に来た時にはやってたのよね。だから、今も続けてる感じなんだけど…」

「そうなんですか？　うちはやりますよ」

「うちもやってたな」

食べ終えた面々で恵方巻きの謎について話しながら、まだ食べている残りの三人を見る。

小柄な三葉は小さいサイズの恵方巻きでも苦戦していたが、響と秋田が挑んでいるのは、太巻きサイズのものだ。

よく食えるな…と感心する塚越の声に、他の三人も頷く。しかも、響と秋田はどちらが早く食べ終えるか競っているようで、互いを横目で確認しながらデッドヒートを繰り広げていた。

最後、残りの寿司を一気に頬張り、勝ち名乗りをあげたのは響だった。

「……！」

無言で拳を突き上げ、勝利を宣言する響と、無念そうに顔を歪《ゆが》ませ、一歩遅れて食べ終える秋田。その横で、三葉はまだはむはむと食べており、何倍もありそうな太巻きを食べてしまった響と秋田に驚愕《きょうがく》し、涙目になる。

「三葉ちゃん、無理しなくていいのよ？」

「そうだぞ、三葉。無理して食うもんじゃない」

「喉に詰まらせないようにしなよ」

「代わりに食ってやろうか？」

口の中に詰まっていた寿司を飲み込み、提案する響に、全員がそれは違うと突っ込みを入れる。遅れること数分。ようやく三葉が食べきると、拍手が起きた。

節分の行事が終わり、三葉が定番以外にもたくさんこしらえた巻き寿司を中心とした夕飯が用意された座卓を皆で囲んだ。

様々な種類の具材を巻いた寿司。柊鰯《ひいらぎいわし》に使った鰯の身のつみれ汁。小判形のコロッケに、水菜とツナのサラダ。

「こっちはサーモンでこっちは鮪《まぐろ》で…あ！　この巻き寿司、花の模様になってる！」

「飾り寿司というそうで…やってみたら、思ったより上手に出来たのでよかったです」

「さすが三葉ちゃんよねえ。しかも、美味しいのよ。これ」

恵方巻きはまるまる一本を齧《かじ》り続けなくてはいけなかったが、それ以外の巻き寿司は切り分けて並べられている。どれも見た目が綺麗《きれい》なだけでなく、味もよくて、全員が恵方巻きを食べているのに箸が進む。

「つみれ汁も美味いな」

「いつもは煮付けていただろう？」

「その方が楽なのよ。三葉ちゃんがいなかったら、とてもとても…。美味しいわねえ」

ありがとう、三葉ちゃん。聡子に礼を言われた三葉は照れたように首を振る。

「三葉は奥様のお手伝いをしているだけですから。ところで、秋田さん。あのお酒はいつから売るのですか？」

座卓の端に置かれている「じゃくずい」の酒瓶を指して、三葉は秋田に尋ねる。

「試作として造ったものを明日、雲母《きらら》ホテルの伊丹《いたみ》さんに送る予定だよ。それで注文が貰えたら生産を開始しようかなと思ってる」

「来週は俺が東京に行って、酒販店を回って来る予定だ」

「東京ですか！」

ぱっと顔を輝かせる三葉に、響は今回は一人で行くと告げる。残念そうな表情を見せる三葉に、理由を伝えた。

「まだ仕込みは続いてるんだ。お前には秋田たちを手伝って貰《もら》わなきゃいけない。頼むぞ」

「そうでしたね！　お任せ下さい！」

営業も大事な仕事だが、仕込みはそれ以上に重要である。頑張ります…と返して、三葉はにっこりと笑みを浮かべた。

「あのお酒はきっと大評判になるでしょうから、たくさん造っておかないと、お酒が足りなくなるかもしれませんからね」

「いやあ。そんなことは……」

あり得ないよ…と秋田は苦笑したが、響を始め、塚越も高階も聡子も…飲めない中浦も。皆が揃《そろ》って真面目な顔で、いやいやと首を振る。

「皆がこれだけ美味しいと言ってるんですから、あるかもしれません」

「そうよ。本当に美味しかったもの」

「売ってくれって頼まれるようになったらどうします？」

「困っちゃうよな」

楽しげに想像しつつ、皆で巻き寿司を頬張る時間はあっという間に過ぎていった。

秋田が伊丹に送った「じゃくずい」は好評を博し、かなりの数が雲母ホテルから発注された。それを皮切りに、生産を始めたところ、響が営業に出かけた酒販店からも続々注文が来て、仕込みと配送で江南酒造は大忙しとなった。

そうして二月が終わり、迎えた三月。江南酒造が取材を受けた「美味満載」が発売された。

発売日前に見本として送られて来た「美味満載」を事務所で読んだ聡子は、最後まで目を通したところで、近くにいた中浦に戸惑った顔を向けた。

「中浦くん。これ、読んだ？」

「ああ」

先に読んでいた中浦は、聡子が何に戸惑っているのか分かっており、「最後のところだろう？」と当ててみせる。

聡子は無言で頷き、膝に置いた雑誌の記事に目を落とす。

見開きふたつ…四ページにわたって江南酒造が紹介されている。何枚もの写真に加えて、江南酒造の歴史…苦難を乗り越えての再出発、現杜氏《とうじ》である秋田の酒造りについての紹介…と濃密な記事となっていた。

江南酒造としてはこれ以上ない宣伝でもあり、有り難いに尽きる内容なのだが。

「これって…響が載せてくれって頼んだのよね？」

「だと思う。俺もまだ確認してないんだが」

記事の最後に、記事内で蔵元代理として紹介されている響が、いなくなった兄を捜しており、連絡を待っているという一文が差し込まれていた。

「どうして…こんなことを…」

「言葉通りなんじゃないのか」

響が頼んだとしか考えられない内容だ。雑誌側の一存で載せたとは考えづらい。出来上がった原稿のチェックも響がしていた。

響は環から連絡が欲しいと思っているのだろうと言う中浦に、聡子は「でも」と返す。

「そんな話、今まで一度も…」

「それは環くんの消息が全く分からなかったからだろう。大晦日《おおみそか》の電話で、WEBを見たりしてこちらの状況を気にかけているのが分かったから、この雑誌だって見るはずだって考えたのでは？　聡子だって環くんから連絡欲しいだろう？」

「……」

「聡子？」

頷《うなず》くと思っていた聡子が黙っているのを見て、中浦は不思議に思って呼びかける。唐突にかかって来た電話では何処《どこ》で何をしているのかも聞けず、公衆電話だったから折り返すことも出来なかった。その為《ため》、警察署を訪ねて相談したりもした。

環の行方を知りたがっているのだと考えていた聡子が、響の行動に戸惑いを抱いているようなのは不可解に感じられる。

聡子は中浦に答えず、雑誌を握り締めたまま、事務所を出た。響の話を聞こうと考え、その姿を探して仕込み蔵を覗《のぞ》くと、入ってすぐのところに秋田がいた。

「奥さん？　どうかしました？」

「あ、秋田くん。響は…」

「響さんなら瓶詰め機の方にいると思いますよ」

響の居場所を聞き、礼を言った聡子は手にしていた雑誌を秋田に見せた。記事を読んだのか聞くと、秋田は頷く。

「なんか、めっちゃ褒めて貰って…怖いくらいですよ」

「…あれは…？」

環からの連絡を欲しがっているという一文を、秋田はどう思ったのだろう。秋田の心情を気遣いながら、聡子は遠慮がちに聞いた。

社長だった環が突然いなくなり、それまでの環境が激変し、会社がなくなってしまうかもしれないという危機に秋田は直面した。その前から、清酒製造を縮小していた環に、秋田がいい思いを抱いていたわけがない。

今の江南酒造に大切なのは、環ではなく、秋田だ。母親として、環が何処で何をしているのか、どんな暮らしをしているのか知りたいという気持ちは強い。けれど、そちらを優先させてはいけないという思いも、また強かった。

心配そうな顔付きで尋ねる聡子に、秋田は響から先に話を聞いていたから大丈夫だと答える。

「俺だけじゃなくて、楓ちゃんも海斗も。知ってましたから」

「そう…なの？」

気抜けするような軽さで返され、聡子は複雑な気持ちで雑誌を握り締めた。響が秋田たちにあらかじめ話していたのには少しほっとしたが、だからといって、胸の中に生まれた不安は消えなかった。

秋田の手を止めてしまったのを謝り、聡子は蔵を出て瓶詰め機のある作業場へ向かう。表情を曇らせたまま、作業場に着くと、響は高階と共にラベル貼りの終わった酒瓶を箱に詰める作業をしていた。

離れたところから「響」と呼ぶと、高階に断りを入れて近付いてくる。聡子が手にしている雑誌を見て、呼ばれた用件に見当をつけたようだった。

「これ…連絡が欲しいって…あなたが頼んだの？」

「ああ。WEBの記事を見たんだったら、これも見ると思ってさ。有名な雑誌みたいだし。取材に来た時、ライターの森さんに頼んだんだ」

「…環から連絡があったらどうするの？」

「一度、帰って来てくれって言うつもりだ」

「帰って来たら？」

「今のうちを見て貰って、兄貴はどうしたいのか確かめたい」

きっぱりと言う響に、聡子はすぐに言葉が返せなかった。

響は帰って来て以来、環について触れることはほとんどなかった。怒りや恨みを口にしない代わりに、心配もしなかった。

どこにいるのか、何をしているのか。聡子との会話で話題に上げることはなく、ただ、蔵元代理として淡々と言われることだけをこなしていた。

それが次第に変わり、前向きに江南酒造の酒を…秋田の造る酒を売りたいと、自ら行動するようになってきた。同時に、江南酒造の業績も少しずつ上向きになってきている。

いい方向へ向かっているのに。

「環が…もしも、もう一度うちの仕事をやるって言ったら？」

「兄貴に任せる」

きっぱりと響が言うのを聞いて、聡子は指先が冷たくなるように感じた。それはだめだ。強い気持ちがわき上がって、深く息を吸う。

「そんなの、秋田くんたちがよく思わないでしょう。環は会社が一番大変な時に全部放り出していなくなったのよ？」

「秋田たちには俺の考えも話してある。兄貴がもう一度やりたいと言うなら任せようと思うし、その方針を聞いた上で、どうするか決めて欲しいって…」

「待って待って。あの子がまた、マーケティングがどうとか、そういう、よくわかんないこと言い出したら…日本酒なんか売れないからもうやめるとか言い出したら…」

どうなるのかと想像しただけでぞっとして、聡子は持っていた雑誌を落としてしまった。環次第では、秋田たちは今度こそ、去ってしまうのではないか。そうしたら、江南酒造は本当になくなってしまうのではないか。

環を心配する気持ちは大きい。三年半以上も顔を見ていない息子は、今、どこで何をしているのか。もちろん、気になる。だからこそ、久しぶりに声が聞けただけで嬉《うれ》しかったし、どこにいるのか知りたくて警察署にまで行った。

けれど、それは母親としての行動で、こんな風に江南酒造を巻き込むような形で、環を捜したいとは思わない。

いや、巻き込むべきじゃない。

「…駄目よ」

俯《うつむ》いて額を押さえていた聡子は、力なく首を振った。何とか生き長らえることが出来た、三百年以上続いた老舗酒蔵を途切れさせるわけにはいかない。

「あの子のせいで秋田くんたちの苦労や努力を…台無しにすることは出来ないわ」

顔を上げて響を見た聡子の顔には厳しい表情が浮かんでいた。それを見た響は、東京から帰って来たばかりの頃の、やつれた姿を思い出す。

母としての思いと、嫁としての思いの間で苦悩する聡子の気持ちを考えながら、響は落ちた雑誌を拾い上げる。

「母さんは兄貴に帰って来て欲しくないのか？」

「……」

響の質問は意地悪なもので、聡子は即座に顔色を変えた。悲しそうな表情を見て、響は「ごめん」と謝る。

「言い方が悪かった。そんなこと、あるわけがないよな」

「私は…」

「母さんが江南酒造を大切に思う気持ちは理解出来る。どっちが大事かなんて、馬鹿げたことを聞くつもりもない。でも、兄貴が何をしでかしたとしても、ここはあの人の家だし、母さんの息子なんだ。母さんが江南酒造に遠慮するってのは間違ってる。それに…俺としては、兄貴がどっかで生きてるのなら、ちゃんとけじめつけに来いよって、そういう気持ちがさ。大きいんだ」

もしかしたら、環はもうこの世にいないのかもしれないと思ったこともある。いなくなってしまったのなら、仕方がない。そう思って、理不尽な現実を受け入れようとしたこともある。

けれど、前向きにはなれなくて、ぼんやり過ごしたりもした。目の前を覆っていた厚い雲が晴れて、ようやく先が見えて来たところだ。

今の状況を壊したくないと聡子が思うのはもっともだ。息子を心配する気持ちを追いやってでも守りたいと思うのは、環がいなくなり、一人になってしまって、全てなくなってしまうのかもしれないと怯《おび》えた日々が、相当こたえたせいもあるのだろう。

響は不安げに自分を見ている聡子に雑誌を手渡し、環と話がしたいのだと繰り返した。

「兄貴もよかれと思って色々やったんだろうし…話してみて、考えたい」

響の気持ちは理解出来たが、聡子にはよくないことばかりが頭に浮かび、その表情はどんどん沈痛なものになっていった。

響はそれを見て「ごめん」と謝る。

「……」

口でどれほど謝ったとしても、響は自分の考えを変えたりしないと、母親である聡子には分かっていた。今はこれ以上言っても仕方がないと判断し、響に仕事へ戻るよう促す。

作業場を出た聡子は、雑誌を返す為に事務所へ向かった。しょんぼりした顔付きで事務所へ入ると、中浦が心配そうに「大丈夫か？」と尋ねてきた。

無言で事務所を出てしまったのを申し訳なく思っていたから、「ごめんなさい」と謝って、中浦の席の横に立ち、持ち出した雑誌を机の上に置いた。

「秋田くんたちには前もって話をしてたらしいわ」

「そうか」

響とも話をしたのかと中浦が聞くと、聡子は頷く。中浦は座るように勧めたが、聡子は立ったままだった。

「響くんに環くんから連絡を貰《もら》ってどうするつもりなのかは…聞いたか？」

「話がしたいんですって。それで、環がもう一度やりたいというなら任せるって…秋田くんたちにはその上でどうするか考えて貰うって言うの」

疲れた様子で聡子が話す内容を聞き、中浦は少なからず目を見張った。せっかく持ち直し始めている江南酒造を、環次第では引き継がせると言っているのか。

「だが…ここまで立て直せたのは響くんのおかげで…もちろん、秋田くんたちの働きもあるが、あの時、響くんが戻って来てくれたからっていうのがやはり一番大きいと思うんだが…」

「響だけじゃないわ。中浦くんのおかげでもあるし、秋田くんや楓ちゃんや海斗くんが…皆が頑張ってくれたおかげよ」

なのに…と首を振り、聡子は机の上に置いた雑誌に目を落とす。

いっそ、環がこれを見ないでくれたら…と願ってしまいそうになって、響から言われた言葉を思い出した。

江南酒造に遠慮するのは間違ってる。響がそう言ってくれたことは嬉しかった。息子よりも江南酒造を先に考える自分を否定してくれたことで、立場を考えてしまいがちな心の裏側に、救われるような思いが芽生えた。

俯いて黙ってしまった聡子を見つめ、中浦は助言する。

「会社のことを考えて、聡子が現状を維持した方がいいと考えるのは分かるけど、響くんの気持ちも考えてあげた方がいいんじゃないだろうか。俺が頼みに行った時、響くんは一度話を聞いただけで、戻ることを決めてくれたし、その後も恨《うら》み辛《つら》みを言うわけでもなく、協力してくれただろう。その彼が望んでるんだから」

無下にするべきじゃない…と中浦に言われた聡子は、はあと大きく息を吐いて頭をこくんと動かした。

「俺は自分で選んでここの再建を手伝うことにしたし、秋田くんだって楓さんだって海斗くんだって、自分で選んで残ってる。けど、響くんは…響くんだけは…帰るしかなかっただろう？」

響には選択肢がなかったのだとはっきり言ってしまえば、聡子が傷つくのは分かっていた。それでも言うしかなくて、出来るだけ優しい調子で伝える。

相談すれば戻ってくると分かっていたからこそ、聡子は響に連絡出来ないでいた。江南酒造の危機を響に話すつもりはないと、中浦にも告げた。

響に対し申し訳なく思う聡子の気持ちは理解出来たが、同時に江南酒造を存続させたいという聡子の希望を叶《かな》えるには、やはり響の協力が不可欠だった。役に立てるかどうかは分からないけど、母一人に任せてはおけないから。相談に訪れた中浦にそう言って、長年離れていた実家に戻ることを即決し、これまで頑張って来た響の希望なのだから、汲《く》んでやるべきだ。

そんな中浦の意見に、聡子は再度頷《うなず》いて、頬を押さえる。

「響がね。どっかで生きてるなら、ちゃんとけじめつけに来いよって…環に対するそういう気持ちが大きいって…言ってたわ」

「分かるな。環くんはうちを心配しているのかもしれないけど、逃げたんなら二度と関わらないでくれって思うよな。中途半端に連絡なんかしてこられちゃ、こっちの立場がない」

「そういうもの？」

「俺はね。でも、響くんはちょっと違うのかもしれない。電話して来てしまうような、環くんの優しさや弱さを心配しているのかもしれないよ」

「……」

中浦の言葉を聞いた聡子は耐えるような表情でしばらく黙っていた。涙を堪えているのが分かり、中浦は視線を外す。

椅子の背に身体《からだ》を預け、腕を伸ばしてティッシュボックスを取り、聡子の前に置く。スンとはなを啜《すす》る音が、ストーブにかけた薬缶《やかん》から上がる蒸気の音に紛れて消えた。

江南酒造の記事が掲載された「美味満載」の発売日。聡子は駅前の書店へ注文していた分を取りに行き、そのうちの一冊を三葉に渡した。

「はい、三葉ちゃん」

「ありがとうございます！　これは…三葉が頂いてもよろしいのですか？」

「もちろん。三葉ちゃんの分だもの」

聡子は何冊もの雑誌を抱えており、今から毎年梅酒の仕込みを手伝ってくれるパートの皆さんに配りに行って来ると告げる。三葉は聡子を見送った後、台所の椅子に座って江南酒造の記事を読んだ。

江南酒造の全景から、響、秋田、塚越、高階が働いている様子。蔵の中や作業場の写真。鵠市や七洞川の美しい冬を切り取った写真。全てが三葉のよく知る光景で、だから、余計に信じられなく思った。

「すごい…」

写真を丹念に見てから、うきうきと記事を読み始めた。江南酒造の歴史に始まり、皆で頑張って酒造りに取り組んでいることなど、「うんうん」と頷きながら読んでいたところ、最後が気になる一文で終わっていた。

これは…と思っていると、廊下を歩いて来る足音が聞こえ、響が顔を出す。

「三葉。母さんは？」

「奥様はパートの皆さんにこれを配ってくると言ってお出かけになりました」

「そうか」

なら仕方ない…という風に戻って行こうとする響を、三葉は「あの」と呼び止める。なんだ？　と聞こうとした響は、三葉の手元に雑誌が開かれているのを見つけて、なんとなく用件を察した。

三葉が腰掛けている席の前の椅子を引いて座る。「よく撮れてるよな」と話しかけられた三葉は、大きく頷いた。

「はい。響さんも秋田さんもかっこいいです！　楓さんと高階さんは小さくしか写ってませんけど素敵です」

「お前も入ればよかったのに」

記事の中に使われている写真には蔵の前で皆が揃《そろ》って撮った写真もある。響に秋田、塚越、高階、中浦の五名が並んでおり、聡子と三葉は写っていない。

「とんでもない。恐れ多いことです」

「恐れって…」

変な奴だなあと笑う響に、三葉は記事の最後を指し示して「ここに」と聞いた。

「いなくなったお兄様から連絡を欲しがってると書いてありますが…」

「俺が頼んだんだ」

響自らが頼んだと聞き、三葉はそうですかと頷く。先日、響から兄について尋ねられたのはこれが関係していたのだろうかと考える三葉に、響は大晦日《おおみそか》に兄から聡子に電話があったという話をした。

「すぐに切れてしまったらしいんだが、これを見たらもう一度、連絡をくれるかもしれないと思って」

「見て下さるといいですね！」

「……」

雑誌の上に小さな手を置き、真剣に言う三葉に、響は気圧《けお》される。

連絡を貰ってどうするのか。帰って来て欲しいと考えているのか。帰って来たらどうするつもりなのか。

そんな問いかけは大切だが、迷いを生む。それに比べて三葉の反応は純粋で、響の心を明るく照らした。

「そうだな…」

「奥様もきっとお喜びになります」

うんうんと頭を動かし、三葉は雑誌の記事を見つめる。

「雑誌に載せて貰うことで、うちのお酒がたくさん売れるといいなと思ってたんですが、こういうことも出来るのですね。これはあれですね。ええと…そうだ。一石二鳥です！

すごいです！」と目をキラキラさせて言う三葉に、響は笑みを浮かべて頷く。長い腕を伸ばして三葉のお団子をぽんぽん叩《たた》き、「ありがとう」と礼を言った。

第二話

環《たまき》がいなくなったのは、その年の梅酒の仕込みが終わった頃だった。

突然亡くなった父の代わりに二十五歳の若さで老舗酒蔵を継ぐことになった環は、会社としての江南《えなみ》酒造の改革を断行した。

長年続いた日本酒の売上不振から、江南酒造は多額の負債を抱えていた。日本酒製造に明るい未来を見いだせなかった環は、業種転換を視野に置いた新規事業への挑戦を続けた。

それにより、江南酒造の業績は一時的に上向きとなった。

しかし、それも三年目くらいまでで、その後は急激に悪化した。

いなくなる前年には支払いもやっとで、倒産危機が囁《ささや》かれ始めていた。悪い噂《うわさ》が広がるのは早く、悪循環を生んでしまい、春には立て直すことが難しいところまで追い詰められた。

資産の売却や事業の清算を迫られ、毎日のように金融機関との話し合いを続けていた中で、環は姿を消した。

社用車に乗って出かけたまま戻って来ず、車だけが離れた街の駅のパーキングで見つかった。聡子《さとこ》は警察へ届けを出すと同時に、業者などを使って環の行方を捜したが、手がかりさえ見つからなかった。

それから三年半以上。何処《どこ》で何をしているのか、生きているのかも分からなかった環からの電話を、聡子は複雑な思いで受け止めた。


母さん。小さく呼びかけてくる声が環のものだと気づき、息を呑《の》んだ。「環なの？」と確認すると、『ああ』と返事があった。

『ごめん…。ずっと…連絡しなくて…』

「…元気なの？」

本当に自分が環と話しているのか、信じられない思いで胸がいっぱいになる。何を言えばいいか思いつかず、取《と》り敢《あ》えず、やっと口に出来た問いかけに、「ああ」という返事が繰り返される。

『…ネットで…響《ひびき》がラグビーの人と対談してる記事を読んだんだ』

「ああ…うん。取材を受けたのよ…」

『…。響に…すまないって…伝えて欲しい。響には申し訳ないことをした。本当に…悪かったって…』

「そんなこと…」

いいから…と震える声で言いかけた時、通話がぷつりと切れた。突然、無音になったスマホに向かって「環!?」と呼びかける聡子のそばまでやって来ていた中浦《なかうら》は、「環くんなのか?」と確認する。

聡子はスマホを耳から離し、繋《つな》がっていないことを確認して、頷いた。

「環だった…、環だったわ…」

「折り返せないか?」

通話が切れてしまったとしても、かけて来た番号にかけ直せるのではないか。そんな助言を受けた聡子はすぐにスマホを操作したが、着信履歴には「公衆電話」という文字が表示されており、電話をかけることは出来なかった。

「ダメだわ…公衆電話だもの…」

「なんて言ってた? どこにいるとか…話したか?」

環との会話を確認する中浦に、聡子は首を横に振る。短い会話の中で環が伝えて来たのは、響への謝罪だけだった。

聡子も元気なのかと確認することしか出来なかった。何処で何をしているのか、居場所に繋がるような情報は全く得られていない。

「すぐに切れてしまったから…」

「公衆電話か…。警察なら何処の公衆電話からかけて来たのか分かるんじゃないだろうか。おおよその場所さえ分かれば…」

捜すことも出来る…と言う中浦に、聡子は無言で頷《うなず》く。そのましゃがみ込んでしまう聡子に、寒いから向こうへ行こうと促した。

中浦の手を借りて立ち上がった聡子は暖房の利いた座敷《ざしき》へ入ると、畳の上に正座し、背を丸めて顔を両手で覆う。

「…本当に…私ってダメだわ…。一番に…どこにいるのか聞かなきゃいけなかったのに…」

「突然のことだったんだ。仕方ないさ」

「もっと…色々話せてたら…」

よかったのに…と後悔する聡子を、中浦は慰める。

「元気だって分かっただけよかったじゃないか」

最悪なパターンを予想し、半ば諦めてもいたのだから。声が聞けてよかった。そう言う中浦に、聡子は頷いた。

というのが、大晦日の夜のこと。

それから二ヶ月余りが経《た》ち、「美味満載」が発売された翌々日。

叫ぶようにして名前を呼びながら、母屋の縁側へ駆け出て来た聡子を、響は驚いた顔で見る。庭の畑で野菜を収穫していた三葉《みつば》に、夕飯のメニューを聞いていたところだった。

「響っ…！　響っ…!!」

「どうしたんだ？」

「奥様？」

一緒にいた三葉も目を丸くして聡子を見る。聡子は手にスマホを持っており、それからは高らかな着信音が鳴り響いていた。

「こ、こ、公衆…でんわ…！」

「……！」

スマホを指さしながら、息も絶え絶えに聡子が伝えてくるのを聞いて、響はさっと顔付きを変えた。

公衆電話から聡子のスマホに電話をかけて来る相手は、今のところ、環しか思い当たらない。聡子は「公衆電話」という文字を見ただけでパニックになり、電話に出ることすらせずに、響を探して走り回っていたのだった。

響は慌てて縁側に駆け寄り、聡子からスマホを受け取る。

居場所を言わせるまで、絶対に通話を切らせない。そんな決意で画面に触れると。

「どこにいるんだ!?」

とにかく居場所だという意識が強すぎて、通話が繋がった途端、怒鳴りつけるようにして聞いてしまっていた。

相手が誰なのかも確かめずにそんな真似《まね》をした自分の愚行に気づき、響は慌てたのだが。

『…響か？』

聞こえたのは環の声で、よかったと安堵《あんど》すると同時に、質問を繰り返した。

「どこからかけてるんだ？」

『どこって…』

「いいから、場所を教えてくれ」

『響…俺は…』

「いいから！　場所を言えって！」

鬼気迫る勢いで尋ねる響に圧倒され、環は「紅橋《べにはし》だ」と反射的に答える。

『それより…雑誌を見て…』

「紅橋のどこだ？　どこに住んでるんだ？　住所を言ってくれ。携帯の番号でもいい。連絡先を教えてくれ」

黙ってしまった環に、「もしもし？」と響は強い調子で呼びかける。すると。

『……』

「あっ」

「どうしたの？」

「切れた…」

三葉と寄り添いながらそばで成り行きを窺《うかが》っていた聡子は、響が渋い表情で言うのを聞いて、へなへなとその場に座り込む。「奥様！」と慌てて助けようとする三葉の手に縋《すが》りながら、響を上目遣いで見た。

「出て貰《もら》っておいてなんだけど、ちょっと言い方が…きつかったんじゃないの…」

「つい…やらかした。でも、紅橋にいるってのは分かったから…」

「紅橋というのは何処にあるのですか？」

尋ねる三葉に対し、響は「確か」とおぼろげな記憶を頼りに答える。

「隣の県の…海辺にある町だ」

「そうよ。紅橋町って…確か、漁港があるはず…。でも、結構近くにいたのね…」

もっと遠いところに…都会にいるのかと思っていたと話す聡子に、響も同意した。東京や大阪といった大都会ではなく、地方にいたとは。

「紅橋に知り合いでもいたんだろうか」

「さあ…。そんな話は聞いたことがないわ」

「でも、東京なんかだったら捜すのも大変だろうが、地方ならまだ楽そうだ。明日にでも行って来る」

「行くって…紅橋に？」

「ああ」

頷く響に対し、聡子は自分が行くと申し出た。響には仕込みの手伝いがある。自分なら時間も取れるから…と言ったのだが、響は納得しなかった。

「俺が行く」

「でも…」

今のやりとりを見ていたら、不安になってくる。響はただでさえ身体《からだ》が大きくて圧が強いのに、そこへ環自身の罪悪感などが加わったら、逃げ出すという事態になったりはしないか。心配した聡子は、自分を支えてくれている三葉を見てはっとする。

「そうだ！　三葉ちゃんを連れて行きなさい！」

以前も、東京へ三葉を連れて行ったことがあるが、役に立ったと言っていた。三葉はいつだって優しくほんわかしているので、響と環の間にうまく入ってくれるのではないか。

「いや。三葉には秋田《あきた》たちの手伝いを…」

「それは私がなんとかするから。いざとなれば中浦くんだっているし、孝子《たかこ》さんたちにだって頼めるんだし」

絶対に三葉を連れて行った方がいい。聡子は真剣な表情で断言して、三葉に「お願いね」と頼む。

「三葉でお役に立てるのならば何でも致します！　お任せ下さい」

胸を叩《たた》いて聡子に返事する三葉を見て、響は小さく溜《た》め息《いき》を吐いた。本当は一人で行きたいのだが、聡子を納得させるのは大変だろうし、心配するのも理解出来る。

仕方なく了承して三葉を見ると、お出かけ出来るのが嬉《うれ》しいというように、にっこりと満面に笑みを浮かべていた。


秋田に環から連絡があった報告をして、急遽《きゅうきょ》、仕事の段取りを変えて貰って作り出せた時間は二日間。紅橋にある旅館に宿を取り、響は三葉をお供に一泊二日の捜索旅行に出かけた。

たった二日で見つかるとは思えなかったが、いてもたってもいられない気分の方が強かった。見つからなかったら、仕込みが終わってから再度紅橋を訪れようと考えた。

その間に環が紅橋を離れてしまったとしても、痕跡を追っていけば、辿《たど》り着《つ》けるのではないか。

どこにいるのかも分からない、生きているかどうかも分からない状況からは前進している。

「響さん。紅橋まではどれくらいかかるのですか？」

「…三時間はかからないくらいかな」

環を捜すという目的のある旅だ。公共交通機関を使うよりも車の方が便利だろうと、聡子のセダンを借りて出発した。

直線距離にすればさほど離れていないが、太平洋《たいへいよう》に面した紅橋町までには幾つもの山を越えなくてはならない。山道を延々行くよりも、一度、海沿いの道まで出た方が、道路が整備されているので早く着く。

そんな説明を聞いた三葉は、「ほう」と頷いて目を細める。

「ということは…海を近くで見られるのですか…？」

「ああ」

「海…！」

興奮した口調で繰り返す三葉に、響は苦笑する。三葉は海が珍しいようで、以前東京へ出かけた時も、遠くに見えただけであれが海かと盛り上がっていた。

「確か紅橋には海水浴場もあるぞ。夏だったらな。泳げるんだが」

「響さんは泳げるのですか？」

「ああ」

逆にお前は泳げないのかと尋ねると、三葉は真面目な顔で頷く。

「さすが響さんです。何でもお出来になる…」

すごいすごいと褒められるのに戸惑いつつも、以前、一緒に東京へ行った際のことを思い出した。

あの時も難しい商談を前に緊張していた自分の気持ちを、三葉はうまい具合に解《ほぐ》してくれた。今回も三葉には助けられそうだと有り難く思う。

一人でハンドルを握っていたら、環への様々な思いで煮詰まっていたかもしれない。責めるつもりは全然ないのに、電話でつい口調が強くなってしまった自分を猛省している。

三葉がいたら上手に場を取りなしてくれるだろう。

「紅橋に着いたらどこから捜すのですか？」

「中浦さんが紅橋にある公衆電話の場所を探してくれたんだが、紅橋の隣にある駅の近くに一つあるだけだったんだ」

聡子たちは公衆電話の場所が手がかりになるのではないかと考え、警察を訪ねたりもしたが、その後に調べてみると地域によってはそうでもないことが分かった。

携帯電話の普及によって公衆電話の数は激減した。地方はそれが顕著で、過疎地域などにはほとんどない。環がいるらしい紅橋もその一つで、隣町の駅まで行かないと公衆電話は使用出来ない状況だ。

だから、公衆電話の位置は参考にならないと響は言い、「とりあえず」と続ける。

「予約した旅館に行って話を聞いてみようと思う」

小さな田舎町だから、地元出身者以外の者が働ける場所は限られているはずだ…というのが中浦の読みだった。その為《ため》、情報を入手しやすいようにと、地元の漁師が兼業で経営している旅館に宿を取ってくれた。

途中、渋滞に巻き込まれたり休憩を取ったりしたこともあって、目的地までは三時間半を要した。昼近くになってようやく宿泊先の旅館に到着した。

紅橋漁港からほど近い場所にある家族経営の小さな旅館は、平日だったこともあって、響たち以外に宿泊客はいなかった。応対に出て来た六十前後の女将《おかみ》は、チェックイン時間よりもずっと早くに着いた響たちに、部屋を使ってくれていいと勧めてくれる。

「もう用意出来てますから、休んで貰って大丈夫ですよ」

「ありがとうございます。でも、ちょっと事情がありまして…」

親切そうな女将に、響は兄を捜しに来たのだと伝えた。環の写真を見せて、見覚えがないかと聞いたが、女将は首を傾《かし》げた。

「さあ…見かけないわねえ」

「そうですか…。でしたら、この辺りで誰でも働ける…というか、地元の方以外が働けるような場所はありませんか？」

「地元以外の人が働いてるのは…たぶん、岬の方にあるホテルか…うーん。この辺の人間も隣の市に働きに行ったりしてるからねえ」

余り働ける場所はないのだ…と答えかけた女将は、「そうだ」と声を上げる。

「漁協ならアルバイトの人とかもいるかもしれないわ。私はよく分からないけど、主人が帰って来たら聞いてみて」

午後四時過ぎには帰って来ると言うが、時間が惜しい。今はどこにいるのか確認すると、漁港だというので、訪ねてみることにした。

漁港までは歩いて五分もかからない。車は旅館の駐車場に置いて、響は三葉と共に漁港を目指した。

「響さん！　船がありますよ！」

「あれで漁に出て魚を捕ってくるんだ。何が捕れるんだろう」

この辺りで釣りをしたことはないから分からないと話しながら、周辺の様子を窺い、思っていたよりも大きな町なのだと気がついた。前方に見えて来た港にも、船がたくさん並んでいる。

漁港の前には鮮魚店もあり、観光客っぽい何組かが買い物をしているようだった。雰囲気も匂いも空気も。山間《やまあい》にある鵲《かささぎ》市とは真逆の町だ。

こんなところに…環はどうして？　いつからいるのだろう。

胸の中で大きくなっていく疑問と共に、女将から教えられた漁協の事務所を訪ねた。

出入り口から中を覗《のぞ》こうとしたところ、出て来ようとした四十前後の男性がいたので、旅館の名前を出して主人の居場所を聞いてみる。

「栄進丸《えいしんまる》のご主人を探してるんですが」

「ヤスさんなら向こうで見かけたよ」

男性が指さす先には小さな人影が幾つか見える。あの中にいるのかと考え、礼を言って、歩き始めた。

半分ほど近付いたところで、相手が気づき、不審げに見られているのに気づいた。漁港には不似合いな二人連れだという自覚もある。響はその場から「すみません！」と声をかけた。

「栄進丸のご主人はいますか？」

「俺だけど!?」

数人の中の一人が声をあげる。響と三葉は共に小走りで駆け寄り、今夜の宿泊をお願いしている者だと先に伝えた。

「さっき、旅館の方へ行って女将さんと話したら、ご主人は漁港にいると言われたので…」

「何か用だった？」

わざわざ来たのはどうしてかと聞く主人に、響は環の写真を取り出して見せる。兄を捜しに来たのだと伝え、見覚えはないかと聞いた。

「紅橋にいるらしいということが分かったんです。どこかで働いてるのかもしれないと思って、女将さんに心当たりを聞いたら、ご主人なら知ってるかもしれないと言われたんですが…」

「うーん…。確かに、この辺りで働き口は余りないからなあ。漁協で手伝いをしてるのは何人かいたりもするが…こんな奴、いたっけな」

首を傾げて、主人は一緒にいた仲間にも写真を見せる。皆が首を傾げ、見覚えはないと答えた。響は残念に思いつつ、他に働けそうな場所はないかと尋ねる。

主人の回答は女将と同じく、岬のホテルというものだった。紅橋漁港から南方へ下った先にある岬へ向かう途中に何軒かのホテルが建っており、海水浴シーズンには賑《にぎ》わうらしい。

「だが、今はシーズンオフで客もあんまいないから、バイトとかも使ってないと思うが…」

「一度、聞いて来ます」

ホテルなら働いている人間も多く、何か情報が得られるかもしれない。主人によると、岬の先端まで歩いても三十分かからないというので、歩いて行くことにした。

三月になり、天気のいい日が続いている。紅橋に注ぐ陽光は地元に注ぐそれよりも眩《まぶ》しく感じられた。目の前に広がる、終わりの見えない海が影響しているに違いない。

海沿いに走る国道を歩いて行くと、地名の由来ともなっている橋に差し掛かった。河口部に架けられた橋はしっかりした造りのもので、それを越えると海水浴場が見えて来た。

さほど大きな海水浴場ではないが、白い浜があり、整備もされている。カーブした岬と、その先に浮かぶ小島のせいで、入り江が出来ているので、太平洋からの波の影響も少なそうだ。

夏に海水浴客で賑わうというのも納得のスポットだ。そして、海水浴場に面する形で、白い中層階の建物が幾つか並んでいるのが分かる。

「ホテルってのはあれだろうな」

「一軒ずつ訪ねてみるのですね」

頑張りましょう！　気合いを入れる三葉に、響は頷《うなず》きながらも「その前に」と腹を押さえた。

「腹ごしらえをしよう」

朝早くに家を出たので、三葉がこしらえたおにぎりを食べた後、サービスエリアでフランクフルトを食べたきりだ。既に時刻は昼を過ぎ、かなり腹が減っている。

ホテルを訪ねている間に昼を食べ損なう可能性も高く、その前に…と言う響に、三葉は頷いた。

「何を食べますか？」

「あそこに食堂っぽい建物があるから行ってみよう」

海水浴場の反対側…国道から一段下がった道沿いに、看板の出ている建物が見える。響は食堂だと言ったが、近付いてみると喫茶店であるのが分かった。

それでもランチをやっているようで、店に入ると油の匂いがした。客も何組かいて、窓際の席を勧められて座る。

「ランチですか？」

「はい。お願いします」

他に飲食店の類いは見当たらなかったので、なければ、サンドウィッチなどの軽食でもいいと思っていた。ランチのメニューを見せて貰《もら》うと、とんかつ定食、唐揚げ定食、ナポリタン…という三択だったが、十分な選択肢である。

「ナポリタンも捨てがたいが…とんかつかなあ」

「ナポリタンとはなんですか？」

外食を余りしない三葉から聞かれ、響は「スパゲティだ」と答えた。

「ケチャップで炒《いた》めてあるんだ。美味《うま》いぞ」

「ほう…」

ではそれにしてみます。神妙な顔で三葉が言うと、響は店員を呼んだ。とんかつ定食とナポリタンを注文し、出されたおひやを飲む。

海はすぐ目の前にあるのだが、国道が高い位置を走っているせいで、窓際の席であってもその姿は望めない。残念です…と呟《つぶや》く三葉に、響は食べ終わったら海水浴場の浜を歩いてホテルの方へ向かおうと提案した。

「いいのですか？」

「どのみち、方角は一緒だ」

歩道の方が歩くには楽だが、砂浜を歩いた方が三葉には楽しいだろう。海を間近に見られるとわくわくする三葉を、響は微笑《ほほえ》ましげに見る。

その表情が普段と違っているのに気づいた三葉は、「すみません」と詫《わ》びた。

「なんだ。突然」

「響さんは大変なのに…嬉《うれ》しがってしまって」

「変な気を遣うなよ」

付き合って貰ってるのはこっちの方だ。響がそう言った時、三葉が注文したナポリタンが運ばれて来た。

「お待たせしました」

店員が三葉の前に置いたのは鉄板の上に卵を敷いて、その上にナポリタンを載せたものだった。いわゆる、鉄板ナポリタンという料理で、三葉は目を丸くして「わあ」と声を上げる。

「すごい。これは…お皿…じゃないですよね？」

「熱した鉄板なんだ。熱いから気をつけろよ」

「ほほう…。ナポリタンというのはこういうものなのですか」

「全部が全部そうじゃないと思う。鉄板に卵ってのは名古屋《なごや》が発祥じゃなかったかな」

「名古屋！」

名古屋は三葉にとって、親しみのある地名だ。なるほど…と頷き、先が紙ナプキンで包まれているフォークを手に取る。

丁寧にナプキンを外し、赤いスパゲティをしげしげ観察しながら食べ始めた。

「具材は…たまねぎとピーマンと…ウィンナーですか…。…熱そうですね…ふうふう…」

「冷めないように熱くした鉄板に載せてあるんだからな」

響の説明に頷き、三葉は息を吹きかけて冷ましたナポリタンを頬張る。「美味《おい》しいです！」とにっこり笑って言う三葉を見て、響も笑みを浮かべた。

「ケチャップで炒めるだけ…ではないと思います。なんだろう…ソースも入ってるような…バターの香りもしますし…」

帰ったら再現しようとしているのか、三葉は味を確かめながら一口ずつ味わう。新たなメニューが加わるのは響としては大歓迎だ。昼食あたりに出て来たら最高だなと思っていると、響が注文したとんかつ定食が運ばれて来た。

とんかつと書かれていたが、別添えで味噌《みそ》がついている。店主は名古屋出身なのだろうかと考えながら、味噌をとんかつにかけた。

「今かけたのはソースですか？　濃そうですね」

「これは味噌だ」

「味噌？」

「田楽にかける味噌みたいな、甘いやつで…味噌カツってやつだな」

これも名古屋の名物だと響から教えられた三葉は、「ほほう」と感慨深げに頷く。

「うなぎの…ひつまぶしというのも名古屋の名物だというお話でしたし、味噌煮込みもそうでしたし、名古屋にはたくさんの名物があるのですね！」

「この前のデパートでまた催事に出させて貰えることになったら、色々食べに行こう」

約束だ…と言う響に三葉は大きく頷く。とんかつ定食には千切りキャベツがたっぷり添えられたメインのとんかつ以外に、大盛りのご飯、具だくさんの味噌汁、ほうれん草の胡麻《ご》和《ま》えに《あ》小鯵《こあじ》の南蛮漬け、小芋の煮っ転がしがついていた。

それらを響は旺盛な食欲で平らげる。先にナポリタンが来ていた三葉よりも早く食べ終え、サービスで貰ったみかんの皮をむいた。

半分に割ったみかんを二口で食べてしまった頃、三葉がようやくフォークを置く。

「…お待たせしました」

「急がなくてよかったんだぞ。ほら。お前のみかん」

「三葉はお腹《なか》いっぱいなので響さん、どうぞ」

「じゃ、持ち帰ろう」

三葉が貰ったみかんまで食べるつもりはない。響は三葉に持って帰るよう勧め、会計を済ませて二人で店を出た。

国道へ上がり、車通りがないのを確認して道路を横切って海側へ出る。歩道をしばらく歩いて行くと海水浴場に通じる階段があり、それを下りて浜辺に出た。

「うわああ！　海です！　響さん、海が！」

「ずっと目の前にあったじゃないか」

「そうなんですけど、なんていうか、触れるくらいの近さにあるのが」

すごいとはしゃぐ三葉に、波打ち際まで寄ってみたらいいと勧める。三葉は小鼻を膨らませて「いいのですか？」と聞き、響が頷くやいなや、浜辺をかけて行った。

響もその後を追いかけ、波が寄せている水際まで近付く。入り江になっている浜だから外洋からの影響が少ない。たぷんたぷんとさざ波程度に揺れる海の端っこを、三葉は物珍しげに見つめた。

「海というのはこう…引いたり寄せたりするものではないのですか？」

「ここは入り江になってるし、今日は風もないから波が小さいんだろう。太平洋に直接面した浜とかだと、天気次第で大きな波が来たりするぞ」

「大きな波…」

どんなのだろうと想像し、三葉は「あ」と言ってその場にしゃがみこむ。

「響さん！　貝です！　貝が落ちてます！」

「そりゃ…まあ、海だからな」

貝くらい落ちているだろうと興味なさそうな響をよそに、三葉は次々と貝を見つけて掌《てのひら》に集め始めた。

「どうするんだ？」

「楓《かえで》さんのお土産にします。持って帰ってもいいですよね？」

「大丈夫だと思うが…」

そんなもの嬉しがるかな…と首を傾《かし》げる響の顔は、貝拾いに夢中になった三葉の目には入っていなかった。本来の目的を忘れて貝を拾い続けていたのだが、離れた場所でしゃがんで自分を眺めている響の視線に気づき、はっとする。

「あ…っ！　申し訳ありません！　余りに…可愛《かわい》いものがたくさんあるので…つい…」

ホテルへ聞き込みに行くという重要な目的が、すっかり頭から抜けてしまっていた。三葉は慌てて立ち上がって詫びる。勢いよく立ち上がったものだから、手にためていた貝殻が落ちて散らばってしまった。

響は急ぐ必要はないと笑って言い、三葉の足下にある貝を拾い集める。

「手がかりがあるかどうかは分からないんだ。そんなに急いで行くこともない」

ほら…と集めた貝を三葉の掌へ返し、ポケットに入れるよう勧めた。三葉は「ありがとうございます」と礼を言って、貝殻を上着のポケットへしまう。

寒い冬でも乗り切れるように、堀越がはまむらで選んでくれたオフホワイトのダウンジャケットは三葉のお気に入りだ。貝殻が零《こぼ》れ落《お》ちてしまわないよう、フラップポケットのボタンをしっかりとめた。

「こんなところまで付き合わせてるんだ。貝殻拾いくらい、いくらでも付き合うぞ」

「いえ。もう十分です。ささ、行きましょう」

律儀な三葉はホテルを指して言い、響を促して歩き始める。砂浜は正直歩きづらかったが、それも三葉には楽しいようだった。自分の足跡を振り返って喜んだりしている。響はぎりぎりまで砂浜を行くことにした。

「夏になるとここで泳げるのですか？」

「ああ。小さいけど綺麗《きれい》な浜だし、賑《にぎ》わうんだろうな」

たぶん、あれが海の家になるんじゃないか。冬の今は閉ざされている小屋を指し、響が口にした言葉を、三葉は繰り返す。

「海の家？」

「海水浴シーズンにだけ営業する、休憩所みたいなもんだな。かき氷食べたりビール飲んだり出来るんだ。ここにあるかどうかは分からないけど、ああいうところのラーメンは美味い」

「ラーメンまで食べられるんですか」

「暑い日に泳いでも意外に冷えたりするからな。ラーメンが最高だ」

「ほう…」

さっきとんかつ定食を平らげたばかりなのに、今すぐにでも食べたいというように響は話す。その顔を見ている三葉も「海の家のラーメン」が食べたくなって、腕組みをして考え込んだ。

「それは是非三葉も食べてみたいものですが、難しいですね。海水浴のシーズン…つまり夏しか食べられないんですよね…」

「夏なら余裕があるから、皆で来てもいいな」

「本当ですか？」

仕込みのない夏場はさほど忙しくはなく、土日に休みも取れる。秋田や塚越《つかごし》、高階《たかしな》を誘って海水浴に来るのもいいと話す響に、三葉はわくわくした笑みを浮かべて頷《うなず》いた。

それは素敵ですね！　三葉がそう言うと、響は釣られて笑った。

「ああ。素敵だな」

海から吹く風にはもう冬の冷たさは感じられないけれど、まだぬるくはない。日差しも春らしい柔らかなものだ。

何ヶ月か後、すっかり様子の変わった夏の海に皆で来られたら。三葉の言う通り「素敵」だなと思って、響は顔を上げ、近付いて来た白い壁のホテルを見つめた。


岬に向かって続く道路沿いには三軒のホテルが建っていた。遠目には新しそうに見えたホテルは、総じて老朽化しており、近付いてみると全体的にうら寂しい感じがした。

海水浴場が目の前にある立地的に、一番の稼ぎ時は夏である。春先の平日に訪れる客は少ないようで、駐車場にもほとんど車は停《と》まっていなかった。

一軒目のホテルでは敷地《しきち》内に足を踏み入れてすぐ、掃き掃除をしているスタッフに出会えたので、人を捜しているのだと伝えた。

「自分の兄なんですが…こちらで働いてたりしないかと思いまして」

「さあ…見たことないねえ」

環の写真を見せても反応は鈍く、更に今は暇な時期だから、働いている人間自体少ないのだと教えられる。

「夏になるとね。アルバイトの人も多く来たりするんだけど」

「そうですか…。この先にあるホテルも同じような感じですか？」

「だと思うよ。海側にあるシーサイドホテルさんが一番大きいから、あそこなら…うーん、どうかなあ」

首を捻《ひね》るスタッフに仕事の手を止めさせたことを詫《わ》び、礼を言って次のホテルへ向かう。

恐らく空振りだろうと思いながらも、出会った従業員に同じ写真を見せて尋ねた。

案の定、芳しい情報は得られず、最後に一番大きいというホテルを訪れた。先の二軒よりも規模が大きく、リゾートホテルっぽい雰囲気がある。全国でチェーン展開しているホテルの支店で、働いている従業員の年齢層も低めだった。

歩いて敷地内へ入り、正面玄関へ向かっていると、宿泊客を出迎える為《ため》に立っていた女性従業員に声をかけられた。

「こんにちは。宿泊のお客様ですか？」

「いえ、違うんです。ちょっと聞きたいことがありまして」

この男性を知らないか、こちらで働いていたりはしないかと尋ねながら写真を見せた響を、従業員はフロントまで案内した。若い彼女はまだ見習いらしく、判断を迷ったようだった。

フロントには三十代半ばくらいの男性が二人いた。片方は「副支配人」と書かれたネームプレートをつけており、響の質問に申し訳なさそうな表情で見覚えはないと答える。

「僕はここに三年くらいいるんですが、見かけたことはないですね」

「そうですか……」

副支配人の男性は繁忙期に雇うアルバイトの面接もしているというので、間違いないと思われた。手間をとらせたのを詫び、響は三葉と共にホテルを出る。

エントランスにはさっき案内してくれた女性が立っており、「どうでしたか？」と尋ねて来た。

「こちらにはいなかったようです。お世話をおかけしました」

「おかけしました」

響とその後ろから一緒に頭を下げる三葉を見て、女性は力になれずに申し訳ないと詫びる。それから。

「見つかるといいですね」

明るい声で励ましてくれる女性に、響と三葉は「ありがとうございます」とハモって礼を言う。ホテルの敷地を出ると、「旅館に戻りますか？」と聞く三葉に、響は頷かずに岬へ続く道の先を指さした。

「せっかくだから一番先まで行ってみないか」

最後に訪ねたホテルは一番海に近い場所に建っていて、道沿いに立っていた看板によると、岬の先端までは歩いて五分ほどで着けるようだった。

響の提案に三葉は喜んで頷き、二人で歩き始める。到着した当初は雲が多く出ていたが、昼から晴れて来て、今は陽光が降り注いでいる。岬の先まで行けば太平洋を見渡せるのではないかと期待して行ったのだが。

「波止があるのか」

緩くカーブしていた道の先が見えてくると、コンクリートの壁で遮られているのが分かった。大きな波が打ち寄せるのを防ぐ意味で建てられているのだと三葉に説明しながら、更に近付いていくと、その上に続く階段を見つけた。

「上がれるみたいだな。行けるか？」

「大丈夫です」

手すりもあるし、さほど急な階段ではない。先に上った三葉は、「わあ！」と高い声を上げた。

「大きな海です！　ずっと先まで…いえ、先が見えません！」

「浜じゃなくて岩場なんだな。釣りにはよさそうだ」

コンクリートの波止の先には波の打ち消しブロックが沈められており、その向こうには岩場が続いていた。海側へ下りられる階段もあって、釣り人の姿が遠くに見える。

「何が釣れるんでしょうか」

「さあ。釣りも出来るのはいいな」

「響さんは釣りをなさるのですか」

「ああ。東京にいた頃は、会社の先輩に連れて行かれてた」

「海の魚は大きいですから。食べ応えがありますよね」

三葉にかかると何でも料理されてしまいそうだ。笑って頷き、穏やかな顔を見せている海を眺める。春の日差しを受けた波がきらきらと輝いている。

景色も光も匂いも……本当に鵲市とは全然違う。改めて、「どうして」という疑問を強くしながら、環はどんな思いでこの町で暮らしているのだろうかと考えていた。


しばらく海を眺めた後、響は三葉と旅館に戻り、停めてあった車に乗って町役場を訪ねた。役場には色んな人が来るだろうし、働いている人も多い。見かけたことはないかと、何人かに聞いてみたが、首を捻られるばかりだった。

電話で環は確かに紅橋という地名を口にした。調べたところ、他に紅橋という場所はないようだったが、もしかしたらあるのだろうか。自分と話した後、慌てて逃げ出したとしても、住んでいたことが確認出来れば、何らかの手がかりになると思い、やって来たのだが。

この捜索は空振りに終わるのかもしれないと半ば諦め気分で、役場から旅館に戻った。時刻は午後四時を過ぎており、駐車場に停めた車から降りた響たちを見かけた女将《おかみ》が、建物の窓から顔を出して尋ねる。

「お客さん。夕飯は何時がいいですか？　六時から用意出来ますけど」

「じゃ、六時でお願いします」

分かりました…と返事して女将が窓を閉めると、響は夕飯までの間、商店などの聞き込みに行こうと三葉に提案した。

「漁港のところに鮮魚店があっただろう。あそことか…その向こうの方にスーパーなんかもあったから」

「だったら歩いて行った方がいいですね」

漁港は近いからさほど時間もかからない。車を出すほどではないと判断し、二人が出かけようとしたところ。

駐車場に一台の軽トラックが入って来た。荷台にビールケースや日本酒のケースを詰んでおり、車体に書かれた「諸橋《もろはし》酒店」という文字からも酒店のトラックであるのが分かる。

客用と書かれた駐車スペースを通り過ぎ、一番奥の突き当たりのところで軽トラックは止まった。その横には旅館の厨房《ちゅうぼう》に出入り出来る勝手口があり、酒店が配達に来たらしかった。

「響さん、お酒屋さんですね」

「みたいだな」

「こういう海の近くでもお酒を造っているのでしょうか」

三葉の疑問に響は答えられず、首を傾《かし》げる。秋田がいたら教えてくれるだろうに……と思ってから、あることを思いついた。

地酒があるのだとしたら、秋田への土産になる。全国各地の酒を飲むのが秋田の楽しみで、勉強でもある。

旅館に卸しているような地元の酒店ならその辺りには詳しいだろう。

「聞いてみるか」

「はい！」

酒店の軽トラックを指さして言う響に、三葉は嬉《うれ》しそうに頷く。二人で軽トラックへ近付いて行くと、運転席からブルゾンにデニムという格好の男性が降り立つのが見えた。

まだ若そうな男だが、肩に届くくらいに伸ばした髪はぼさぼさで、無精髭《ぶしょうひげ》も生えていて、お世辞にも清潔感があるとは言えない。

酒店といえど客商売であるのに。配達だけ担当しているのだろうかと訝《いぶか》しく思いつつも、響は「あの」と声をかけた。

「ちょっといいですか？」

「……」

響と三葉の存在に気づいていなかった男性は驚いたように振り返った。そして、二人を見た途端。

逃げ出した。

「えっ…？」

突然、男性が走り出した意味が分からず、響は戸惑ったのだが、長年の習性で身体《からだ》が先に反応していた。ラガーマンたるもの、走る者を止める術は心得ている。

配達の男性が軽トラックを停めた場所の先は行き止まりだったので、響と三葉がいる方向しか逃げる場所はない。響たちの横をすり抜け、逃げて行く予定だった男性は。

「いや、待って…」

「っ…！」

響の長い腕と身体に阻まれ、立ち止まるしかなくなる。息を呑《の》んで、身を竦《すく》めている彼の顔を間近に見た響は、逃げだそうとした理由を知った。

「…っ!?」

以前とは印象が違っているが、顔立ちは幼い頃の記憶にあるそれと同じだ。響が知る…

兄の顔だった。

酒店の配達人は環だったのだ。

「あ…にき…？」

「ええっ？」

響が呆気《あっけ》にとられた顔で口にした「兄貴」という言葉に驚いて、三葉が声を上げる。環は激しく視線を揺らし、どうしようか悩んだ末に、やっぱり逃げると決めたようで再び走りだそうとしたのだが。

「いやいや、待て待て」

今度は反射的な行動ではなく、確実に環の動きを封じに行った。がしりと腕を摑《つか》んで来る響の手を振りほどくことの出来なかった環は観念するしかなくなり、その場に崩れ落ちるようにして座り込んだ。

そして、「ごめん」と詫びて額を地面につけたまま、動かなくなった。

夕方近くなった旅館の駐車場。うずくまったままの環を響はしばらく見下ろしていたのだが、自分から動き出しそうにはなくて、とにかく話がしたいから場所を変えようと声をかけた。

それに。

「配達中なんだろ？　取《と》り敢《あ》えず、仕事を先に…」

「あっ」

響が配達と口にした途端、環は顔を上げた。怯《おび》えた表情で響を見上げ、ゆっくり頷《うなず》く。

ゆらりと立ち上がり、よろよろとした足取りで旅館の勝手口へ向かった。

響と三葉はその様子を少し離れた場所から眺めていた。

「まさか…お酒屋さんがお兄様だったとは…」

「驚いたよな」

隣に立つ三葉が呟《つぶや》くのに、響も大きく頷いて相槌《あいづち》を打つ。紅橋のどこかで働いているのかもしれないと思い、漁協やホテルを訪ねたりしたが、まさか、酒店だったとは。

「…じゃ、ビール一ケース、置いて行きますね」

「お願い。お酒の方は来週でいいわ」

「分かりました」

勝手口のドアが開くと、環と旅館の女将が話している声が聞こえて来た。環は厨房から運んで来たビールの空き瓶が詰まったケースを荷台に積み、代わりに新しい瓶の入ったビールケースを下ろす。

その仕事ぶりは慣れたもので、最近始めたようには見えなかった。たぶん…いつからなのかは分からないが、もう長く続けているのではないか。

環がいなくなって三年半以上。どこで何をしているのかも分からなかったけれど。

「…響さん」

考え込んでいた響は、三葉に呼ばれてはっとする。勝手口から出て来た環が、自分たちの方へ歩いて来ていた。

手前で立ち止まった環に、この後の仕事はないのかと聞くと、首を横に振った。

「…今日はここが最後だったから」

「店には？」

戻らなくていいのかと聞いた響に、環は曖昧な感じで頷く。俯《うつむ》いたままの表情は硬く、厳しい審判を待つ罪人のようだ。

改めて見た環は、響が覚えている兄とは全く違っていた。一番新しかった記憶の環は、スーツを着て、髪を短く整え、出来るビジネスマンといった風貌で、老舗酒蔵の若社長という肩書きがよく似合っていた。

しかし、今は。

「眼鏡…かけてたっけ？」

「…前はコンタクトだったんだ」

「そうか」

視力が悪いのは知っていたが、子供の頃を除いて、眼鏡をかけているところは見かけなかった。髪も。

「そんなに長く伸ばしてる兄貴は初めて見た」

「…最長記録だ」

「髭《ひげ》も」

「…面倒で」

響の感想に、環はぽつぽつと返事をする。響が「そうか」と相槌を打つと、三葉を見て、「誰だ？」と問うような視線を向けた。

「うちを手伝ってくれてるんだ」

「お初にお目にかかります！　江南家に奉公させて頂いております、三葉と申します！」

紹介されるのを待っていましたとばかりに、潑剌《はつらつ》とした声で挨拶する三葉に、環は気圧《けお》されたように目を見開く。「奉公？」と首を傾げるその表情が可笑《おか》しくて、響は小さく笑って、向こうへ行かないかと環を誘った。

駐車場の角にブロックが何段か積まれていて、腰掛けられるようになっている。旅館側からは死角になるので、女将に話しているところを見られて心配をかけることもない。

環は黙って従い、並んで座った響と三葉の斜向《はすむ》かいに腰を下ろした。

「すまなかった」

一息《ひといき》吐《つ》くと、環はそう言って、響に深々と頭を下げた。そのまま動かない環を、響は腕組みをして見下ろし、まずはいなくなってからのことを説明して欲しいと頼んだ。深く下げていた頭を半分くらい戻し、環は重い口を開いた。

「なんて言うか…どんな言い訳も通じないと分かってるけど…色んなことが一気に押し寄せて来た感じで…もう無理だって…なったんだ…。逃げるなんて…絶対、駄目だって分かってたのに…母さんに…迷惑かけるって…」

「…母さんの話では、駅に会社の車が置きっぱなしになってたって聞いたけど」

「そう…だと思う。銀行に行かなきゃいけない日で…家を出るまでは銀行に行こうとしてたんだけど、どうしても行けなくて…、気づいたら電車に乗ってた。それから…なんか、知らない町のホテルに泊まってて…いつの間にか何日も経《た》ってて…もう帰れないって思って…。…死のうとしたんだけど…出来なくて…、なんか…もう…」

当時のことを思い出しているのか、環の顔は俯いていてもひどく歪《ゆが》んでいるのが分かった。死のうとした。環の口から零《こぼ》れたそんな言葉に、やっぱりという思いを抱いて、響は微《かす》かに眉を顰《ひそ》める。

「なんで死ぬなんて考えるんだよ。死んでどうにかなるもんじゃないだろう」

「だって…俺のせいで…、全部失敗して…もう駄目になって…だから、…」

「だからって、死ぬことか？　母さんはどうなるよ」

響の言葉に、環は答えられず、身を縮こまらせる。責めるつもりはないが、身勝手に思える考え方にはつい口調が強くなる。そんな自分を反省し、どうして紅橋に行きついたのかと質問を変えた。

環は意識的な呼吸で息を吸い込んでから、問いかけに答える。

「レンタカーを借りて移動してたんだけど、ここで車が壊れたんだ。代わりの車を待つ間に町の中をぶらついてたら…酒店で配達人を募集してるって貼り紙を見かけて。老夫婦が経営してる小さな酒店なんだけど、旦那さんの体調が悪くて、代わりに配達するバイトを募集してたんだよ。話を聞いてみたら訳ありでも構わないし、寝泊まり出来るところも…倉庫の上なんだけど、用意してくれるって言うから…」

そのまま居着いて、働いていたと環は続ける。放浪していたのは半年余りで、酒店で働き始めてからは三年近くになると聞き、仕事に慣れていたのも当然かと納得した。

江南酒造の社長だった頃の環は、一升瓶の酒ケースを持ったこともなかっただろうに。それがひなびた町の酒屋で酒ケースを運んでいたなんて。

呆《あき》れるというより、怒りと悲しみがない交ぜになったような複雑な感情を抱き、響は息を吐く。

その音に反応し、環は「すまなかった」とまた詫《わ》びた。

「自分がいなくなれば…お前に迷惑かけることは分かっていたのに…勝手なことをして、

本当にすまない。俺が…ちゃんとしなきゃ…いけなかったのに」

「…うちのことを気にはしてたのか？」

大晦日《おおみそか》に聡子に電話した際、環はWEBのインタビュー記事を読んだと話した。だからこそ、雑誌を読むに違いないと踏んで、メッセージを入れて貰《もら》ったのだ。

ずっと調べたりしていたのかと聞く響に、環は力なく首を横に振って、最近になってきっかけがあったのだと答える。

「どうなったのか…怖くて…、そんな気になれなかった。でも…去年の暮れにお客さんから『鵲瑞《じゃくずい》って美味《うま》い酒があるんだけど、扱ってるか』って聞かれたんだ。すごく驚いて…。申し訳ないけど、もう…うちは潰れてると思ってたから…酒造りを続けてるなんて思ってなかったんだ」

正直な思いを口にした環は、響の表情が厳しくなったのに気づき、「ごめん」と謝って身を竦ませる。

「自分勝手なこと言って…」

「いや。それで…ネットで調べたのか？」

響の問いかけに環は頷く。

「すぐには調べる気にはなれなかったんだけど、年末に…仕事も休みになって余裕が出来て…店のパソコンで検索してみたんだ。そしたら…お前がラグビーの人と対談してる記事があって…。…頑張ってくれたんだって…俺の代わりに…やってくれたんだって…」

俯いている環の背はどんどん丸まっていき、ほとんど顔は見えなかったが、声の調子で涙を流しているのではないかと思われた。腕組みしたまま環を見ていた響が、口を開きかけた時だ。

駐車場に軽トラックが入って来た。運転していたのは漁港で会った旅館の主人で、ブロックに腰掛けている三人に気づいて、車を停《と》めて窓を開ける。

「お客さん、何して…あれ？　諸橋さんとこの兄ちゃんじゃねえか」

主人や地域の人たちにとって、環は酒店の従業員だ。それが宿泊客と座り込んで何をしているのかと不思議に思うのは当然だ。

答えられない環に代わり、響が立ち上がる。主人の車に近付くと、自分たちが捜しに来た兄が彼だったのだと話した。

「えっ！　でも…あんたが持ってた写真とは随分違って…」

「俺も驚きました。それで…まだ話をしたいので、部屋に入らせてもいいでしょうか？」

主人はもちろんだと了承し、再び車を走らせて駐車場に停める。響は三葉と環に、許可は取ったから旅館の部屋で話そうと声をかけた。

「ごめん。俺…一度店に戻ってもいいか？　遅くなると心配かけると思うし…、車置いて片付けしたら戻ってくる」

「分かった。携帯の番号だけ教えてくれ」

「持ってないんだ」

だから公衆電話だったのかと響は納得する。店の電話だと居場所が特定されるのを恐れたのだろう。働いている店もそこに住み込んでいるのも分かったし、いなくなることはないと判断して、部屋で待っていると返した。

環は勝手口近くに停めた軽トラックまで駆けて行き、運転席に乗り込む。旅館の駐車場から出て行く車を見送って、響はふうと肩で息を吐いた。

「響さん」

三葉の声が聞こえ、はっとして隣を見る。心配そうに自分を見ている三葉に「大丈夫だ」と返しつつも、その顔がらしくなく緊張しているように思えて、響は尋ねた。

「どうした？」

「いえ…あの。…よかったです」

環が見つかってよかったと言う三葉は、どこか取り繕っているような感じがした。環に紹介した時はいつも通りに溌剌と挨拶していたのに。

それがどうして…と考えて、環の口から出た言葉を思い出す。死のうとした。きっと三葉はあれにショックを受けたに違いない。

響は唇の端を歪め、三葉のお団子をぽんぽんと叩《たた》く。

「大丈夫だ」

今度は自分についてではなく、三葉の心を和らげる為《ため》に同じ台詞《せりふ》を繰り返す。いつでも明るく前向きな三葉にとって、自ら死のうとするなんて、想像すら出来ないような事態だろう。

大丈夫だ。三度繰り返し、響は旅館の中へ入ろうと三葉を促した。

着替えの入った鞄《かばん》を先に置かせて貰っていた二階の部屋に入ると、響は聡子へ電話を入れた。見つかったという報告を受けた聡子はショックが大きすぎて声が出せないからと、電話を中浦に替わった。

『もしもし…なんだか、話せそうにないから僕に聞いて欲しいようです。それで…環さんは紅橋に住んでいたんですか？』

「そのようです。まだ話が途中なので…また改めて報告しますが、紅橋にある酒店で働いていました。住み込みで」

『酒店…ですか』

驚いている様子の中浦は、自分と同じことを考えているのだろうと響は思った。酒蔵の経営から逃げて、酒店で働くなんて、皮肉としか言いようがない。

「配達の途中で見つけて…少し話したんですが、仕事を終わらせてくると言って一度、店へ戻りました。旅館を訪ねて来る約束をしたので」

『大丈夫ですか？　またいなくなるようなことは…』

「たぶん、ないと思います」

自分を見た環は咄嗟《とっさ》に逃げようとしたけれど、その後は比較的落ち着いて話をしていた。再度逃げることはないだろうと話し、今後についての相談をするつもりだと続ける。

「本人は元気で…店の仕事もしっかりやっていたようです。だから、母さんに心配はいらないと伝えて下さい」

『分かりました。では、明日帰って来る予定に変更はありませんね』

「そのつもりです」

確認する中浦に返事をして、響は通話を切った。そばで話を聞いていた三葉が聡子を心配していたので、動揺しているようだから中浦に電話を替わっただけだと説明する。

「体調が悪いとか、そういうんじゃない。たぶん、今頃ほっとして気が抜けてると思うぞ」

「そうですか。…ですね。お兄様、お元気そうではありましたから…」

環が告白した内容は衝撃的なものではあったが、現在の彼自身に不安定なところは見受けられなかった。旅館の女将《おかみ》とのやりとりも、配達の仕事もちゃんとやっていた。

五時を過ぎている時計を見て、夕飯までには来るだろうと、響が言った時、部屋のドアがノックされた。三葉が立ち上がり、出て行くと、女将が立っていた。

「主人から聞いたんだけど、捜していたお兄さんが酒屋のお兄ちゃんだったんですって？」

女将が三葉に話しかける声が聞こえ、響も立ち上がって顔を出す。

「そうなんです。さっき、ご主人にお願いしましたが、話がしたいので…部屋に入れても大丈夫ですか？」

「そんなことは全然構わないんだけど…夕食を三人分用意しますから、一緒に食べたらどうですか？　今夜は他にお客さんもいないし…下の広間も貸し切りなんで、気を遣って貰わなくていいから」

食事は部屋ではなく、一階の広間で提供すると言われていた。確かに、そうすれば六時に頼んだ食事の時間を気にしたりせずに済む。女将の提案を有り難く受けて、代金は支払いますのでお願いします…と伝えた。

女将は頷《うなず》き、もう用意は出来ているので、下で待っていてもらって大丈夫だと付け加える。女将に続いて部屋を出た響と三葉は、一階に下りて広間へ向かう。

三十畳ほどの広い部屋には、六人で使用出来る座卓が両脇に三つずつ並んでおり、その右側の奥の席に何種類かの口取りが並んだ皿や、酢の物といった小鉢が用意されていた。

厨房《ちゅうぼう》から一番近いその席では、主人が三人目の食事の用意をしていた。

「ご面倒をおかけします。すみません」

「いやいや。今、用意してるから、もう少し待っててくれ。けど、驚いたよ。あの兄ちゃんだったとは」

漁港で主人に見せた写真は環が江南酒造の社長だった頃のもので、眼鏡もかけていなかったし、髪も短く、何よりスーツ姿だったから、全然面影はなかった。分からなかったのも無理はない。

自分も変わりように驚いたのだと返し、響は主人に環について尋ねた。

「兄はいつも配達に来てたんですか？」

「ああ。諸橋さんのところの親父《おやじ》も歳《とし》で、腰を痛めて重い物が持てないからそろそろ廃業するかもって話が出てた頃に、あの兄ちゃんが働き始めたんだ。よく働くけど、無口な兄ちゃんで全然話さないもんだから、どっから来たとか…名前もよく知らなかったんだが、訳ありだったんだな」

よく働く兄ちゃんだよ。主人の褒め言葉に、響は微笑《ほほえ》んで頷く。元々、真面目な性分だ。与えられた仕事を黙々とこなして来たのだろう。

縁もゆかりもない海辺の町にどうして…と不思議だったが、誰も自分を知らない土地で、干渉されずに働ける環境は環にとって居心地のいいものだったのかもしれない。

そんな想像をしていると、「あの」という声が聞こえた。広間の出入り口から環が顔を出しており、主人がこっちへ来いと手招きする。

「兄ちゃんも一緒に飯を食って行きな。もうすぐ用意出来るから。お客さん、ビールでもどうだい？」

環は見つかったし、車を運転する予定もない。三葉に「飲むか？」と聞くと、お団子を揺らして頷く。

「じゃ、二つお願いします」

「えっ。妹さん、成人してるのかい？」

未成年に間違われがちな三葉だ。驚く主人に頷いて、三葉は「お兄様は」と環に尋ねる。

「お飲みにならないんですか？」

「俺は飲めないので…」

「そうでしたか」

残念そうに頷き、隣の座布団を整えて、環に座るよう勧めた。響と三葉が向かい合わせに座り、三葉の横に環が腰を下ろすと、厨房から女将が舟盛りを運んで来た。

舟の形を模した容《い》れ物《もの》には様々な種類の刺身が盛りつけられている。鮪《まぐろ》に真鯛《まだい》、イサキに鰹《かつお》。伊勢《いせ》エビの刺身までついており、豪華な内容に、三葉は釘《くぎ》付《づ》けになる。

「す、す、すごいですね！　響さん、すごいですよ！　伊勢エビです！　エビさんの頭が！」

「ああ。さすがに目の前が海だけあるよな。食い応えがありそうだ」

「この辺りの鰹は鮮度がいいからタタキにせず、刺身で食べるんですよ。美味《おい》しいですからね。是非」

「ビール、お待たせ。よかったら鰹に合う日本酒もあるよ」

座卓にビールジョッキを置いた主人が日本酒を勧めると、響と三葉が反応する。酒屋の軽トラックを見て、地元に酒蔵があるかどうか聞いてみようとしたところ、思いがけず環を見つけたのだった。

だから、響は「そういえば」とその話を切り出そうとしたのだが。

「いけません、響さん。忘れてました！」

三葉が慌てて遮ってくるのに、「何が？」と尋ねる。「奥様から言いつかったではないですか」と続けられ、響ははっとした顔付きになった。

主人と女将にちょっと待ってくれるよう頼み、急いで広間を出て行く。二階の部屋に上がって、下がって、駐車場へ行って、戻って来た響は、その手に「じゃくずい」の酒瓶を握っていた。

「実はうち、酒蔵なんです。お世話になる宿の方にお渡しするよう、母から持たされたのを忘れてました」

「こちらは杜氏《とうじ》の秋田さんが新しく起《た》ち上げた銘柄でして、大変美味しいと評判のお酒なのです。ご主人も女将さんも、お飲みになるのであれば、是非」

二人は共に日本酒好きだと言い、早速飲んでみたいと酒器を用意した。女将も主人も宿の経営者としてまだ仕事が残っている。客の手前、味見だけと言って、おちょこ一杯分の「じゃくずい」を飲んだところ。

「…美味《うま》い！」

「美味しいですねえ、このお酒」

ぱっと表情を輝かせた二人は揃《そろ》って美味いと絶賛する。響と三葉はその反応が嬉《うれ》しくて、

「ありがとうございます」と頭を下げた。

「いや、礼を言わなきゃいけないのはこっちですよ。こんな美味い酒…貰《もら》っていいんですか？」

「お高いんじゃ…」

「造ってる量が少ないので安くはないんですが、高くもないと思いますので」

「喜んで頂けてよかったです」

もう一杯飲みたいなあ…と呟《つぶや》く主人に、まだ仕事が残っているでしょと女将が釘《くぎ》を刺す。

料理を出してしまったら、続きを頂きますと言い、二人は厨房へ戻って行った。

響たちが賑《にぎ》やかにやりとりする横で、環は座卓の上に置かれた「じゃくずい」の酒瓶をじっと見つめていた。主人と女将がいなくなると、酒瓶を指して響に尋ねる。

「秋田くんが起ち上げたって…『鵲瑞』とは違う味なのか？」

「ベースは同じだが…なんていうか、フルーティな感じっていうか」

言葉で説明するのが苦手な響は、三葉を頼るような目で見る。三葉はいつでも対面販売出来るよう、秋田から直接レクチャーを受けている酒の説明を披露した。

「長年愛されてきた『鵲瑞』の味わいを残しつつも、より飲みやすい飲み口を目指したお酒です。ただ軽いだけではなく、江南酒造のメインブランドである『鵲瑞』の持つ、芯のある力強さを残し、後を引く味わいに仕上がっております。通常タイプよりも低温で長期発酵《はっこう》させることにより、原酒のアルコール度数を下げておりますので、食事のお供としても飲んで頂けるかと思います」

「は…あ」

生き生きと酒の説明をする三葉に圧倒され、環は中途半端な相槌《あいづち》を打つ。お兄様にもお飲み頂けたら！　心底、惜しいというように拳を握り締める三葉は、本当に酒が好きなようだ。

「手伝っている…と言ってたが、社員なのか？」

環に確認された響は答えに困って首を傾《かし》げ、三葉本人は「いいえ」と否定した。

「三葉は江南家に奉公させて頂いているのです！」

「ちょっと変わってるところもあるが、いい奴なんだ」

三葉に関する説明は面倒で、響は大雑把にまとめる。戸惑いを滲《にじ》ませながらも環は頷き、江南酒造の現在について尋ねた。

「木屋《きや》さんは引退して…秋田くんが杜氏になったんだよな？」

WEBや雑誌の記事には、困難な状況に陥ってから、江南酒造がどうやって生き長らえて来たのかが書いてあった。おおよそのところを把握している環に確認された響は頷いて、食べながら話そうと促した。

「せっかくの刺身が乾いたらもったいない。三葉も食えよ」

「はい。頂きます」

女将がお勧めしていた鰹を生姜醬油《しょうがじょうゆ》につけて食べる。もっちりした歯ごたえと、新鮮な刺身ならではの旨《うま》みが最高だ。

「…これ、美味いな。やっぱ、ビールっていうより酒かな。この辺りで酒を造ってるところはあるのか？」

「…紅橋にはないんだけど、もう少し南へ下ったところに『棕櫚《しゅろ》の木《き》』っていう酒を造っている蔵があって…それが刺身には合うらしい。よく注文されるよ。ここにも卸してる」

「ほほう。それは是非、秋田さんへのお土産にしなくてはなりませんね」

「まずは味見だ。すみませーん！」

響が厨房へ声をかけると、主人が顔を見せる。「棕櫚の木」という酒を頼み、日本酒好きだと言っていた主人に飲み方のお薦めを聞いた。

「燗《かん》をつけた方が俺は好きだけどね。ぬるめの」

「じゃ、それで」

おちょこは二つお願いしますと、三葉がすかさず付け加える。

「鰹と言えばタタキにするものかと思っていましたが、刺身がこんなに美味しいとは」

「鰹は鮮度が落ちるのが早いんです。なので一般的に流通しているのはタタキの方が多いのではないかと」

「そうなのですか！」

環の説明を聞いた三葉は嬉しそうに笑って頷く。自分に話をしてくれたのが嬉しいというように、にこにこしている三葉の反応は、環にとっては慣れないものだった。

戸惑いを覚えつつ、美味い美味いと刺身を食べている響に質問する。

「…母さんは…元気か？」

躊躇《ためら》いがちに聞く環に、響は箸を止めて頷いた。

「ああ。夏の前に…梅酒の仕込みの頃だったかな。入院して手術したりしたけど、今は元気だ」

「手術って…大丈夫なのか？」

「ちょうど三葉が来てくれた頃だったから、退院した後に無理させずに済んで助かった」

「はい。三葉は梅酒の仕込みもお手伝いしたのです」

そうか…と頷《うなず》き、環は「ありがとう」と三葉に礼を言う。

「色々、世話になってるみたいで」

「とんでもない。三葉は奉公させて頂けるだけで有り難いのです。それなのにお酒造りまで手伝わせて頂いているので、もったいないくらいです」

「今は秋田くんと…」

「前からいた塚越と高階って奴と俺と、三葉で仕事を回してる感じだな。俺が戻った時には秋田と塚越と高階以外は全員辞めてた」

「母さんがお前に戻ってくれって頼んだのか？」

「いや。今、うちの財務関係全般を担当してくれてる中浦さんだ。中浦さんはあじさい銀行にいたんだが、母さんの同級生で、その縁でうちに来てくれることになったんだ。その中浦さんが母さんだけじゃ再建は無理だと判断して、東京まで俺を呼び戻しに来た」

「…そんな人が…」

「中浦さんがいなかったら酒造りを続けるのは難しかったと思う。事業の清算や不動産の売却、銀行との返済計画の話し合い…全部、中浦さんが判断して、酒造りを続ける道筋を作ってくれた」

環が逃げ出した難局を処理し、細々とでも江南酒造が繋《つな》がっていけるよう、尽力してくれた。響の話を聞いた環は、「そうか」と聞き取れないくらいの小さい声で相槌を打った。

「兄貴は俺が代わりに頑張ってたとか言ってたけど、頑張ったのは俺じゃない。秋田であり、中浦さんであり、楓であり、海斗《かいと》だ。俺はただ、江南家の人間としてあそこにいただけだ」

「いえいえ。そんなことありません」

いただけだと言い切る響を、三葉は即座に否定する。その顔は真面目なもので、真っ直《ます》ぐに背筋を伸ばして正座する小さな身体《からだ》は存在感があった。

「響さんがいたからこそ、皆さん、頑張れたのだと思います。いただけなんてことは決してありません。秋田さんも中浦さんも、楓さんも高階さんも、皆さん、そう仰《おっしゃ》ると思います」

聞いてみてもいいです…と真剣に言う三葉に、響は苦笑する。そこへ主人が徳利《とっくり》とおちょこを運んで来た。

三葉は徳利を手にして二つのおちょこに酒を注ぐ。響と一緒に酒を飲むと。

「美味い！」

「美味しいです！」

同時に声を上げる二人を、環は無言で見つめる。響も三葉も、美味い美味いと繰り返し、おかわりを注ぎ合って、刺身を食べる。二人とも嬉しそうで、しあわせそうで。

そんな姿を見ていた環は、ふいに涙が溢《あふ》れるような感覚がして、顔を背けた。眼鏡を外し、濡《ぬ》れた眦《まなじり》を袖口で拭いていると、響の声がする。

「兄貴。この伊勢エビ、美味いぞ。もっちもちで甘い。こんなもんが食えるなんて、海のそばっていうのは天国だな」

「伊勢エビのお刺身なんて、三葉は初めて頂きました。皆さんにも食べて頂きたいですけど、これは…うちの献立には入れられませんねえ」

伊勢エビなんて何処《どこ》に売っているかも分からない。これはやっぱり、皆で来るしかないなと賑やかに話す響と三葉が、自分の涙に気づかないふりをしてくれているのが分かって、余計に泣けてくる。

環は垂れてくる鼻水をすすり上げ、自分のことを話し出した。

「…俺は…俺なりに…うちをなんとかしたいと…、思ってたんだ。突然、父さんが死んで…全部やらなきゃいけなくなって…。負債もたくさんあって…酒は売れなくなってて…他の事業を始めなきゃいけないって…色んな人に話を聞いて色々頑張ったんだけど…」

環が失踪した後、江南酒造の財務を担当した中浦は、経営が行き詰まるまでの金の流れを見て、無駄が多すぎたのではないかと話した。

本当に必要だったのかと疑いたくなるようなコンサルティング料。銀行の融資だけを目的にしたような、その場しのぎの事業計画。老舗酒蔵の信用と保有資産にあぐらをかいたような経営状況に、誰も苦言を呈さなかったのだろうかと、首を傾げていた。

そんな話を中浦から聞いたのを思い出しながら、響は自分なりに頑張ったと泣きながら話す環に、なんて言えばいいのか分からなかった。頑張る方向性を間違えたんだと言うのは簡単だ。

けれど、環と同じ状況に置かれていたら、自分は間違えないでいられただろうか。どん底まで落ち込んで這《は》い上《あ》がることよりも、何かを守ることの方が大変な場合だってある。

「兄貴は…どうしたいんだ？」

「……」

響に聞かれた環は顔を上げ、涙で濡れた目で弟を見つめた。袖で目元を拭き、外していた眼鏡をかける。

「これから」

答えに詰まり、考え込む環に、響は自分の思いを伝えた。

「兄貴が今のまま、ここで酒店の手伝いを続けたいって言うなら、仕方ないが…。俺は兄貴はうちに戻ってくるべきだと思う。母さんもそれを望んでるはずだ」

聡子には複雑な思いがあるのは承知している。母として環の現状を心配しながらも、老舗酒蔵を守らなくてはいけない嫁として、環が戻ってくることで生まれる不協和音を恐れている。

迷惑をかけた息子よりも、江南酒造を優先させるべきだという建前を律儀に守っている聡子は、元気でいるならばいいと言うだろうが、顔を見たいに決まっている。

辛《つら》そうだった聡子の顔を思い出し、響は話を続けた。

「戻ってくれば色々大変だろう。世間の目ってやつは厳しいし、意地悪だからな。でも、兄貴がいなくなった時、母さんは兄貴以上に大変だったと思う。兄貴がいなくなった時、母さんは俺に知らせて来なかったんだ。だから、俺は中浦さんがやって来るまで、大変なことになってるって知らなかった。自分が役に立てるとは思えなかったけど、取《と》り敢《あ》えず、戻るしかないと思って実家に帰ったら、母さんは泣きながら俺に謝ったんだよ」

「……」

「俺も…ずっと兄貴に任せっぱなしで、実家を離れていたのは悪かったけど…」

「いや、それは」

違う…と環は小さな声で否定する。響が江南家に自分の居場所はないと判断するに至った経緯を兄としてよく知っている。次男だから好き勝手に出来ていいというような思いは、一度も抱いたことはない。

跡取りは自分だから。うちは老舗の酒蔵なのだから、継げばなんとなくうまくいくものだとぼんやり思っていた。

俯《うつむ》いて目を閉じている環に、響は現在の状況を伝えた。

「今のうちは酒造りしかやってなくて、多角経営とかそんな余裕は全くないんだ。返済もまだまだあるから、秋田たちに毎月の給料出すので精一杯で…でも、秋田たちが頑張ってくれたおかげで、酒がどんどん美味《うま》くなってて、そのおかげで売上がちょっと上向きになって来たから、夏には賞与が出せるかもしれないって中浦さんは言ってた」

「おお。そうなのですか!」

響から朗報を聞いた三葉は、よかったですと笑って、徳利を手にしておかわりを勧める。おちょこを空にして差し出した響は、「だから」と続けて話そうとしたのだが、途中で言葉に詰まってしまった。

今の環はそれなりに落ち着いた環境で暮らせているのだろう。風貌は変わったが、やつれた様子はない。旅館の女将《おかみ》や主人からも好意的に見られているようだった。

けれど、戻ってくれば針のむしろであるのは確かだ。戻ってくるべきだとは言ったが、「戻ってこい」と強くは言えない。苦労するのは環自身で、自分で覚悟を決めて選ばなければ、また逃げ出したくなるかもしれない。

酒を満たしたおちょこを手にしたまま、無言になってしまった響に代わり、三葉が口を開く。

「お兄様は仕込みを手伝われたことはありますか?」

尋ねられた環は隣に座る三葉を見て首を横に振った。仕込みをするのは製造部の杜氏《とうじ》と蔵人《くらびと》たちで、自分の仕事ではないと思っていた。

それに蔵元であっても蔵の仕事に口出し出来るような雰囲気ではなかった。売上高の低迷から清酒の製造量を減らすという方針を打ち出した後は、製造部との関係が悪化し、蔵に近寄ることさえ避けていた。

「ないのですか？　一度も？」

「はい」

「それは…もったいない！　あんなに楽しいのに」

真剣な顔付きで「もったいない」と言われた環は、戸惑いを覚える。仕込みが楽しいなんて考えたこともなかった。

「お米がお酒になるっていうのが三葉には不思議だったのですが、秋から仕込みを手伝わせて頂けるようになり、たくさんの丁寧な仕事を積み重ねてお酒になっていくのを見て、本当に感動したんです。初めてあらばしりを飲ませて貰《もら》った時は震えるくらい感激しました。瓶詰めした後のお酒ももちろん美味《おい》しいんですが、搾ったばかりのあらばしりは全く別物みたいに美味しいんです！」

「三葉。兄貴は飲めないから」

拳を握り締めて力説する三葉に、響は苦笑して注意する。三葉ははっとし、「そうでした」と頷いて、残念そうな顔付きになった。

「お兄様はお飲みになれないんですね…。三葉は美味しいお酒が飲めるのを楽しみにしてるので、仕込みが楽しくて仕方ないのですが。どうすれば分かって頂けるのか…難しいですね。でも、お酒造りには仕込み以外のお仕事もたくさんあって、それも楽しいんですよ。瓶詰めやラベル貼りや発送作業や……あ！　稲刈りも！」

「稲刈りって……？」

「原料米を作ってくれてる農家さんを手伝ってるんだ。どこも高齢化で人手不足だから」

そこまで考えが及んでいなかった環は、響の説明に「そうなのか」と言って感嘆した。

そんなことまで……と驚く環に、三葉はにこにこと続ける。

「お兄様がお戻りになったら、三葉が色々とお教えします」

「そうだな。三葉は先輩だからな」

先輩なんて。響の言葉に三葉が照れたように頰を押さえた時、厨房《ちゅうぼう》から料理の皿が載った長手盆を主人が運んで来た。女将もそれに続いて現れ、座卓の上が料理の皿で埋まる。

煮魚に天ぷら、茶碗蒸《ちゃわんむ》し。一人鍋の卓上コンロにも火を点《とも》し、ご飯とあらを使った潮《うしお》汁《じる》が並べられた。

「ご飯はおかわり出来るからたくさん食べて下さいね」

「酒のおかわりはどうだい？」

「ありがとうございます。ぬる燗《かん》も美味しかったけど、ひやにしようかな」

「だったら、これを一緒にどうだい？」

響から貰った「じゃくずい」の瓶を掲げて、主人はにやりと笑う。料理を出し終わったので、仕事は一段落したようだ。女将が「私も」と早速おちょこを手にするのを見て、響は「ご相伴にあずかります」と返事した。

三葉も一緒にと主人たちは誘い、四人で酒を注ぎ合う。一口飲んで、主人はしみじみと呟《つぶや》いた。

「やっぱり美味いなあ」

「本当に美味しいよねえ。これはインターネットとかで買えるんですか？」

「はい。オンラインショップがありますので。…ここにきゅーあーるコードというのがありまして、スマホで読み取ると繋がるようになっております」

酒瓶の裏ラベルに印刷されたQRコードを示して、三葉は女将に購入の仕方を説明する。

響は美味い美味いと繰り返してすぐにおちょこを空にする主人に、おかわりを注いだ。

「するする入っていくのに、薄いって感じはしないんだよな。不思議な酒だ」

「辛いとか甘いとかっていうのとも違うしね。日本酒っていうと、辛口の方が美味しいような気がしてたんだけど」

「秋田さんは辛口とか甘口とか、タイプで区別されるのではなく、とにかく飲んで美味しいと思えるお酒が造りたいといつも仰《おっしゃ》ってます。お二人が美味しいと言って下さるのが、一番嬉《うれ》しいと思います。帰ったら伝えますね」

これを機会に江南酒造の酒を飲んで欲しい。にこにこと宣伝する三葉に、主人と女将はもちろんだと返事して、環を見た。

「兄ちゃんの実家がこんな美味い酒を造ってる酒蔵とはな」

「諸橋さんのところでも置いたら？　皆、買うわよ」

ぎこちない笑みを浮かべ、環は曖昧に頷《うなず》く。変わったようで変わっていないその顔を見ながら、響は兄の本心を想像して、おちょこの酒を飲み干した。


主人と女将との酒盛りは盛り上がり、四人で一升瓶を空にしたところで小さな宴《うたげ》はお開きとなった。環は豪勢な料理で腹を満たし、明日、響たちが帰る前にもう一度訪ねて来る約束をして、自宅である酒店の倉庫へ帰って行った。

響と三葉は環を見送った後、一階にある大浴場へ向かった。響たち以外の宿泊客はいないので、広い風呂を一人で自由に使える。

三葉よりも先に風呂を上がった響は、部屋に戻ったところで、真っ白なシーツがかけられた布団が二組、並んでいるのを見て困惑した。どうしたものかと悩み、取り敢えず、布団を引っ張って、部屋の端と端に移動させる。

それでもさほど広い部屋ではないから、うんと距離が出来るわけでもない。困ったなと布団を眺めていると、遅れて三葉が戻ってくる。

「響さん？　どうしたのですか？」

「いや…。一応、離してみたんだが…厭《いや》だったら、別の部屋に寝かせて貰えないか、聞いてみるか？　俺たちしかいないみたいだし」

「どうしてですか？」

「いや…お前が厭かなって…」

旅館を予約する際、三葉を気遣って、部屋は分けてくれるよう頼んだつもりだった。到着してから同じ部屋に通された時に、そのリクエストが通じていなかったのではという疑いを持ったが、布団だけは違う部屋に敷いてくれるのだろうという考えは甘かったようだ。

年頃の女子として、自分と同じ部屋に寝るのは厭じゃないかと聞く響を、三葉は不思議そうに見る。

「三葉は厭じゃないですけど…。響さんはお厭ですか？」

「いや」

別に構わない。首を横に振った響に、ならば問題はないと三葉はにっこり笑う。

「三葉はどちらの布団を使わせて頂けばよいですか？」

「…じゃ、俺はこっちに寝る」

出口に近い方の布団を響は選び、三葉には奥の布団を勧める。三葉は頷き、かけ布団を捲《めく》って潜り込むと、「おやすみなさい」と言った。

まさかすぐに寝るとは思っておらず、響は思わず驚いた声を上げてしまう。三葉は閉じた目を開け、「どうしましたか？」と聞いた。

「えっ」

「まだ…寝るには早いかなと…」

早い時間から食事をしていたので、酒盛りして入浴してもまだ十時になっていない。けれど、毎日早寝早起きの三葉にとって十時は毎晩の就寝時刻である。それを思い出した響は、口にした言葉をもごもごとごまかし、「そうだな」という相槌《あいづち》に変えた。

「長い距離を運転して疲れたから、俺も寝る」

「明日も運転しなくてはいけませんから」

それがよろしいです…と言って、三葉は再び目を閉じる。響は部屋の電気を消し、布団に潜り込む。十時なんてまだ早い…と思っていたが、暗い部屋で布団に入ると、思いのほか疲れているのが分かって、すぐに眠れそうだった。

容易には見つからないだろうと半ば期待していなかった環に会えたという安堵《あんど》も影響していた。これが見つからないままだったなら、どうやって捜そうかという悩みで寝付けなかったかもしれない。

まだ問題が解決したわけではないが、取《と》り敢《あ》えずよかった。そんな思いで眠りに落ちようとしていた響は。

「…よかったです」

「……」

三葉の声が聞こえて、はっとして瞼《まぶた》を開ける。寝言かと思うような、小さな声だった。

「お兄様…見つかって…よかったです…」

「…ああ」

響は返事をしたが、それに対しての反応はない。耳を澄ましていると、三葉の方からすーすーという寝息が聞こえてくる。

もしや…今のはやっぱり寝言だったのだろうか？　寝たばかりで寝言？

怪訝《けげん》な気持ちになりながらも、三葉らしいとも思う。具体的に何かしらの活躍をしたわけでなくても、三葉が一緒に来てくれてよかった。そばにいてくれるだけで、迷いや戸惑いを吸い取ってくれているようだった。

「ありがとうな…」

もう寝ているだろうから、伝わらないかもしれないけれど。感謝を込めて呟き、響はふうと深く息を吐き出して、もう一度目を閉じた。

環が見つかったという響からの報告は、電話を切った後にすぐ、中浦から秋田へ伝えられた。響からはそんなに簡単には見つからないと思うから、今季の仕込みが終わった後に再訪するつもりでいる…という話を聞いていたので、訪ねた初日に見つかったのは驚きだった。

「やっぱり紅橋にいたんですか？」

「はい。紅橋にある酒店で配達の仕事をしていたそうです」

「えっ。社長が？」

驚いて確認する秋田に、中浦は頷く。一緒に戻ってくるのかという秋田の問いには、首を傾《かし》げた。

「まだそこまでは…。仕事中に見つけたようで、話はこれからすると言ってました」

「そうですか」

「なので、明日帰って来る予定に変更はないとのことです」

まだ仕込みは続いており、響がいないとままならない仕事も多い。響の帰りを待っているだろう秋田に、中浦は明日には戻ってくると伝え、また連絡があれば知らせると約束した。

お願いしますと返して、仕事に戻ろうとした秋田は、塚越と高階にも一報を知らせておくべきだと考え、蔵の中で二人の姿を探した。

「楓ちゃーん、海斗ー」

「ここっすー！」

　塚越の声が聞こえた圧搾機のある冷蔵室へ向かう。中へ入ると、塚越と高階は圧搾機の濾過布《ろか》に張り付いている板状になった酒粕《さけかす》を剥がす作業をしていた。ふんぬうっと力強く剝がした酒粕をコンテナに放り込んでいく。

「社長、見つかったらしい」

「えっ」

「えっ」

　近付くと同時に秋田が短く報告した内容は、二人を驚かせた。塚越も高階も、秋田と同じく、そんなに簡単に環が見つかるとは考えていなかった。

「取り敢えず、見つかったっていう報告が来ただけで、まだ詳しい話は聞けてないみたいだけど、紅橋の酒店で配達してたって」

「えっ」

「えっ」

　秋田が続けた言葉に、二人は再度驚く。塚越や高階が……秋田もなのだが……入社した時から社長だった環は、老舗酒蔵の若き蔵元として近寄りがたい雰囲気を醸し出していた。

　いつもスーツを着ていて、出張に出ていることが多く、蔵にいても事務所で商談していたり、パソコンをいじっていたりしていた。酒ケースを運んでいる姿なんて、一度も見た覚えはない。

「社長が配達…」

「想像出来ませんね」

「なあ」

俺も同じだ…と秋田は困惑を浮かべた顔で相槌を打つ。三人が沈黙してしまうのは、環が見つかったという一報を素直に喜べないからだった。

響や聡子は身内としてほっとしているのだろうし、二人に「よかったですね」と言うことは出来るのだが。

もしも、環が戻ってくるとしたら…。

「…社長、帰って来るんですか？」

「それはまだ」

「帰って来たら…あれですかね…」

今の状況が変わってしまうのだろうか…と、高階は言いたげだったが、口には出来なかった。曖昧な感じで語尾を濁したものの、秋田と塚越も同じ考えを抱いていたから、高階の思いは通じた。

「響さん次第…じゃないかな」

環を捜す為《ため》に雑誌の記事にメッセージを入れて貰《もら》ってもいいかと、響に聞かれた時、三人は複雑な思いを抱きながら了承した。

家族として行方不明の環を見つけたいという気持ちはよく分かる。兄の失踪で急遽《きゅうきょ》実家へ戻って来なければならなくなった響が、本来の後継者である彼を戻って来させたいというのも。

環にどうしたいのかを選択させた上で、自分たちにもどうしたいのか、考えて欲しい。そんな響の言葉に頷きはしたものの。

「響さんも勝手なんですよ。社長が戻ってくるとかこないとかは別にして、自分が今まで通りやっていけるようにするからって、言ってくれればいいじゃないですか」

塚越が不満を露《あら》わにした顔で口にした本音は、秋田と高階も同意するものだった。確かに、その通りだ。響がそう言ってくれれば、自分たちは安心出来るのに。

「社長が……また社長になったら……どうなるんでしょうか」

「酒造りやめるとか、言い出したりするんじゃね？」

「それはないと思うよ。今の江南酒造は清酒製造しかしてないわけだし」

他業種への転換を模索していた以前とは状況が違う……と説明しながらも、秋田の表情は曇ったままだった。

酒造りを続けていけたとしても、自分の思うような酒造りに反対されたら？　効率を求められたりしたら？

三人とも、社長だった環の印象はよくなくて、沈黙してしまう。響だったら何があっても自分たちと同じ方向を見てくれるだろうけど。

「…響さん、いなくなったりしませんよね？」

高階が自信なげな声で確認してくるのに、秋田と塚越は答えられなかった。二人が一番恐れていることでもあって、全てが変わる要因になり得る事態だ。

そんなはずはない。共に苦労して来て、ようやく、光明が見えだしたところなのだから。

三人とも口に出せない言葉を飲み込んで、とにかく自分たちに出来ることをしながら、響の帰りを待とうと話し合った。


翌日。朝食は七時半からで、それを食べ終えたら宿を出ると環に伝えていた。その前に訪ねて来ると約束していた環が旅館に姿を現したのは八時過ぎで、朝食を終えて帰り支度をしていたところだった。

「早いな。もう食べ終わったのか？」

「響さんは食べるのが早いのです」

旅館の玄関先まで響と一緒に出て来た三葉からそう言われ、確かに…と環は頷《うなず》く。

「子供の頃も早かった覚えがあります。…これを」

環から差し出された袋を受け取った三葉は中を覗《のぞ》いて、「何ですか？」と聞いた。

「みりん干しです。母さんが好きだったはずなので…渡して下さい」

「承知致しました。奥様、とても喜ばれると思います」

「それと…これは昨夜飲んでいた地酒だ」

「悪いな」

響には一升瓶を渡し、環は気をつけて帰るように続けた。それ以上何も言えない様子の環を見て、響は何も言わなかった。このままチェックアウトしようと三葉に言い、まとめた荷物を部屋へ取りに向かった。

環と二人になった三葉は「ありがとうございます」と貰った袋を掲げて礼を伝えた。

「今夜、奥様に召し上がって貰います」

「…世話になりますが、よろしくお願いします」

頭を下げる環に「とんでもない」と慌てて返し、三葉は会えて良かったと笑みを浮かべる。

「響さんにお兄様はどんな方なのか伺いましたら、優しい方だと仰《おっしゃ》っておいでで…その通りでした」

「…響が？」

「はい」

自分を優しいと言っていたというのが意外だったようで、環は戸惑いを顔に滲《にじ》ませた。視線を落とし、自分は優しくなんかないと小さな声で呟《つぶや》く。

「特に…響にとっては情けない兄だったと思います。あいつは小さい頃から身体《からだ》も大きくて、何でも出来て…友達も自然と集まってくるような奴でしたから」

「確かに。響さんは慕われる方ですね。仲間を作るのがお上手だと思います」

「それに比べて俺は…」

「何を仰ってるんです。比べる必要なんかないですし、同じである必要もありません」

情けない…と繰り返そうとした環は、三葉が頭の上に結ったお団子を揺らして言い切った言葉を聞いて、小さく目を見張った。客観的に考えれば当たり前のことではあるが、咄《とっ》嗟《さ》に口に出来る内容ではない。

それを三葉から言われたのが驚きでもあって、何も言えなくなった環に、三葉はにっこりと笑みを深くする。

「お兄様はお兄様ですし、響さんは響さんです。奥様にとってはどちらも大切なご子息です」

「……」

「奥様はお兄様に会いたいと口には出されませんが、強く願っておいでだと思います」

だから、帰って来てあげて下さい…と、三葉は続けなかった。その一言が負担になると分かっているように、にこにこと微笑《ほほえ》むだけの三葉を、環はじっと見返す。

そこへ響の「待たせたな」と言う声が聞こえた。

「三葉。荷物を車に積んでおいてくれ。俺は支払いを済ませる」

「承知しました」

「俺も手伝います」

荷物と言っても一泊二日だから、大したものではない。響はディパック一つ、三葉は聡子に借りたボストンバッグ一つだ。

環は遠慮する三葉を制して、両手に一つずつ荷物を持って、駐車場へ向かった。三葉は響から預かった鍵で車のロックを解除し、トランクルームを開ける。

「持たせてしまってすみません」

「これくらい」

軽いものだと言って、環はディパックとボストンバッグを積んだトランクのドアを閉める。三葉は環から貰った干物の入った紙袋と一升瓶を後部座席に置いた。

「…それもトランクの方がよくないですか？　干物だからにおったり…」

「いいえ。これは奥様に召し上がって頂く大切なものですから。ここに置いて、三葉がしかと見張っておきます」

「はあ」

「一升瓶は…座席の上ではない方がいいでしょうか」

「そうですね。ブレーキの加減などで座席から落ちたりすると危ないですから、あらかじめ足下に転がしておいた方が…」

無難だろうと相談していると、響が旅館の主人と女将《おかみ》と共に外へ出て来た。「お世話になりました！」と礼を言う声が、朝の少し冷えた空気によく響く。

「こちらこそ、あんなに美味《おい》しいお酒飲ませて貰って有り難かったですよ。お母さんによろしく伝えて下さいね」

「また来て下さい」

「今度は蔵の皆も連れて来ます」

是非…と歓迎してくれる主人と女将に、響と三葉は揃《そろ》ってお辞儀し、車に乗り込んだ。

響は環とほとんど会話を交わしておらず、助手席に座った三葉は「いいのですか？」と尋ねる。

響は頷き、エンジンをかけて窓を開けた。

「じゃ、失礼します。ありがとうございました」

「気をつけてお帰り下さいね」

「気をつけてな」

見送ってくれる主人と女将の後ろに立った環に、響は視線だけ送ってアクセルを踏んだ。

三葉は開けた窓から振り返り、三人に向かって手を振る。

主人と女将だけでなく、環も振り返してくれたのに少しほっとし、三人が見えなくなると窓を閉めた。

まだ朝早い海辺沿いの道は空いていて、車は順調に高速道路の入口を目指す。昨日に続いて天気がよく、雲のない空は真っ青で、春らしい陽光が海原をきらめかせている。

こんな光景を見られるのもあと僅かだ。惜しむ気持ちで三葉が海を眺めていると、運転席の響が独り言のように呟いた。

「住んでるところも分かったし、ちゃんと働いてるみたいだし、元気そうだったし、あとは兄貴次第だ。俺の言いたいことは伝えた」

「……」

自分に言い聞かせているみたいにも聞こえ、三葉は「そうですね」と相槌《あいづち》を打つ。サービスエリアで何食べますか？　と尋ねる三葉に、響はさっきとは全然違う堂々とした声で「アメリカンドッグ」と答えた。

街中の渋滞に巻き込まれることもなく、車は順調に進んで、昼過ぎに鵲市に到着した。

旅館を出た後、三葉が響のスマホから出発したことを連絡してあったので、聡子と中浦が母屋で二人を待っていた。

「お帰りなさい。響も三葉ちゃんもお疲れ様！」

「ただいま戻りました！　奥様、こちら、お兄様から預かって参りました。みりん干しです」

「あら…」

三葉が差し出した袋を受け取った聡子は、環からというだけで感極まるものがあるのか、じんわり涙を滲ませる。ありがとう…と礼を言い、そそくさと台所へ運んで行く聡子の背中を眺めながら、響は中浦に報告した。

「取《と》り敢《あ》えず、俺の言いたかったことは兄貴に伝えましたが、今後具体的にどうするとか、そういう返事はなかったです」

「見つかっただけでよかったです。急ぐことではないですから」

「そうですね。母さんには後で話します。俺はまず、蔵に行って来ます」

戻って来れば気になるのは仕込みの方だ。早速、仕事に行こうとする響を中浦は気遣ったが、大して疲れてもいないからと着替えの入った荷物を三葉に頼んで、そのまま蔵へ行ってしまった。

「三葉さんもお疲れでしょう。少し休んで下さい」

「ありがとうございます。三葉は運転もしていませんし、大丈夫です」

ひとまず、持ち帰った荷物を片付けますと言う三葉に頷き、中浦は事務所へ戻って行った。三葉はディパックとボストンバッグを座敷《ざしき》へ運び、環から貰《もら》った一升瓶を持って台所へ向かう。

台所では、調理台の上に広げたみりん干しを、聡子がぼんやり見つめていた。

「奥様…」

「あっ…ごめんなさいね。何か手伝いましょうか？　洗濯する？」

「それは三葉がやります」

大丈夫だと返し、一升瓶をテーブルの上に置く。それは？　と聞く聡子に、これも環から貰ったのだと伝えた。

「あちらの地酒なのです。ぬる燗《かん》で頂きましたが、刺身によく合いました。奥様が持たせて下さったお酒は旅館のご主人にお渡ししまして、大変喜んで頂けました。お礼を伝えて欲しいと仰ってました」

「飲める方だったのね。よかったわ。ご飯は美味しかった？」

「はい！　奥様。伊勢エビのお刺身って召し上がったことはありますか？」

「伊勢エビ？　あるわよ。甘くて美味しいわよね。旅館で出たの？」

「そうなのです。三葉は初めて頂いたのですが、大変美味しくて…エビを刺身になんて、それもあんなに甘くて美味しいなんて、感激しました！」

嬉《うれ》しそうに話す三葉を見ていると、聡子の表情も緩み、釣られて笑みが零《こぼ》れる。

「鰹《かつお》もタタキではなくて、お刺身で頂いたのですが、もっちりして美味しかったです」

「それはよかったわ。海の目の前だもの。新鮮よね」

「そうなんです。あんなに間近で海を見たのは初めてで…貝も拾いました」

「三葉ちゃんが楽しかったならよかった」

響一人で環と会わせることになるのは不安で、三葉を一緒に行かせたのは正解だった。

三葉はこの調子で、深刻な兄弟間の話し合いをフォローしてくれたに違いない。

そう思えて、「よかった」と繰り返す聡子に、三葉はみりん干しについて尋ねる。

「奥様。こちらは焼いて頂くのですよね？　三葉は普通の干物しか食べたことがないのですが…」

環が渡して来たみりん干しは、小鯵《こあじ》を開いてみりんと醤油《しょうゆ》のたれに漬け込んでから干したものだった。小さなサイズのものが三十枚ほど入っている。

「そうね。軽く炙《あぶ》ったら食べられるわ」

「おかずにはなりそうにありませんが、つまみによさそうです」

「そうなのよ。普通の干物と違って、ちょっと甘くて…胡麻《ごま》が香ばしくて、私、昔から大好きなんだけど…。環がそれを覚えてたのが…驚きだったわー」

みりん干しが好きだという話をしたことはないし、自分の好物を覚えているような息子だとは思っていなかった。余りに意外で、虚を衝《つ》かれて涙が滲んでしまった。

聡子は口元に笑みを浮かべ、「本当は」と続ける。

「七輪とかで炙るといいのよ」

「七輪ですか！　ご用意します！」

すぐに走って行こうとする三葉を、聡子はまだ早いと止めようとしたが、考えを変えて「そうね」と頷《うなず》いた。夕飯に出す前に味見してみるのもいい。中庭だと働いている秋田たちに悪いから、母屋側の庭でこっそりやろうと提案して、準備を手伝った。

数枚のみりん干しを皿に移し、箸と一緒に縁側へ運ぶ。いつも響や秋田がつまみを焼くのに使っている七輪を炭と一緒に物置から持ち出して来た三葉は、手慣れた仕草で火を熾《おこ》した。

炭が赤くなったのを見て、網を置く。しばし網が温まるのを待って、その上にみりん干しを載せる。

「…お酒が飲みたくなるわね」

「奥様。それはちょっと…」

じりじりと焼けていくみりん干しを見つめ、聡子は贅沢《ぜいたく》な欲求を口にする。三葉がさすがに賛成しかねると、「分かってるわ」と頷いた。

「今は味見よね」

「みりんですから、普通の干物よりも焦げやすいですよね」

慎重に焼け具合を見て、三葉はまめにみりん干しをひっくり返す。皮目がぷっくり膨れ、周囲が少し焦げ付いたところで、皿に載せて「どうぞ」と聡子に勧めた。

「美味しそう。頂きます…あつ…」

尻尾を持って齧《かじ》り付《つ》いた聡子は、焼きたての熱さに苦戦しながらも、美味しそうにみりん干しを頬張った。

「…おいし…。…三葉ちゃんも食べて食べて」

「はい。では…こちらを頂きます」

聡子の勧めに従い、三葉もいい頃合いに焼けたみりん干しを箸でつまみ上げ、ふうふうと息を吹きかけてから口へ運ぶ。一口食べて、目を丸くする三葉に、聡子は「ふふふ」と笑った。

「美味しいでしょう?」

「…はい!」

半身を食べた三葉は大きく頷き、残りも食べてしまう。口をもぐもぐ動かしながら、もう一枚焼いて食べてもいいかと聡子に聞いた。

「もちろんよ。三枚ずつくらいならいいかなと思って、持って来てるから」

「三枚くらい、ぺろりと食べられますね。…響さんなら…三十枚くらい、軽いかも…」

「わんこみりん干しになっちゃうわね」

永遠に焼いていなきゃいけないと言って二人で笑いあい、みりん干しが焼けるのを待つ。ちりちり焼ける音を聞きながら、聡子は三葉に環の様子を尋ねた。

「元気そうだった？」

「はい。三葉は初めてお会いしたので分かりませんが、響さんは最初、お兄様だと気づかれてなかったんです。どうも以前と全然違うようで…」

「そうなの？」

「髪が長くて、眼鏡をかけてらして、髭《ひげ》もちょっと伸びたりしてて…」

「ええー？」

三葉の報告した容貌は聡子の知る環とは全然違って、驚きの声を上げる。だから、響も分からなかったようだというのに、納得した。

「眼鏡なんて…。ずっとコンタクトだったし、髪も長く伸ばしたことなんてなかったし…髭も。へえ…そうなの…」

「到着してから色々聞いて回ったんですが、響さんが見せていた写真とは全然違う感じになっていたせいか、誰からも知らないと言われまして。旅館に一度戻った時に、配達に来ていた酒店の軽トラックを見つけて、秋田さんへのお土産によさそうな地酒を教えて貰おうと思って、声をかけたんです。そしたら…」

「それが環だったのね」

はい…と頷き、三葉は焼き上がった二枚目のみりん干しを聡子に渡す。

「宿のご主人と女将《おかみ》さんがとてもいい方で、お兄様も一緒に食事が出来るよう、用意して下さったんです。お兄様は響さんほど召し上がりませんでしたし、お酒も飲まれなかったのですが…」

「そうそう。あの子、下戸だから」

誰に似たのかしらねえ…と言って、聡子は三葉から貰ったみりん干しを齧《かじ》った。半分ほどを咀嚼《そしゃく》しながら考え、厭《いや》なことを思い出したというように、微《かす》かに眉を顰《ひそ》める。

「そうだわ…。うちの父が下戸だったから…お義母《かあ》さんにそっちに似たんじゃないかとか、厭み言われたんだった…」

いつも余計な一言を口にする人だったと、折り合いのよくなかった姑《しゅうとめ》とのやりとりを思い出し、聡子は残り半分のみりん干しを齧った。三葉は自分用に焼いていた二枚目のみりん干しをひっくり返し、環についての感想を口にする。

「響さんが仰《おっしゃ》っていたように…優しい方でした」

「…響が？　優しいって言ってたの？」

「はい。どんな方なのか伺ったことがあって…その時に」

話していたと聞き、聡子は「そう」と言って沈黙する。網の向こうで赤く燃えている炭を見つめたまま、無言でいる聡子に、三葉がいい感じに焼けた自分のみりん干しを勧めようとした時だ。

「三葉ー！　三葉ー、いるー？」

何処《どこ》からか塚越の声が聞こえ、はっとして立ち上がった。「ここです！」と三葉が返事すると、座敷を通って縁側へ塚越がやって来た。

「なんかいいにおいがするなと思ったら…」

庭先でしゃがみ込んだ聡子の前に七輪が置かれているのを見て、塚越はにやりと笑う。

三葉は慌てて、味見をしているだけなのだと言い訳した。

「今晩、皆さんにお出ししようと思ったのですが、七輪の方が美味《おい》しく焼けるかなって試してみようと…」

「楓ちゃんもどう？」

「いっただきまーす！」

焼き上がっていたみりん干しを箸で摘まんで、聡子は塚越に食べないかと勧める。喜んで返事をし、縁側に座り込んだ塚越に、三葉は皿に載せたみりん干しを差し出した。

「みりん干しなんて久しぶり。…うん、うまー」

塚越は一口齧って笑みを浮かべ、歓声を上げる。三葉が何か用があるのかと聞くと、手伝いを頼みに来たのだと言う。

「もし、疲れてなかったら発送の準備を手伝って貰えないかと思って」

「承知しました！　すぐに…」

「いやいや。それ、食べてからで」

網の上では新たなみりん干しを焼いている。そこまで急いでいないので食べてからで大丈夫だと言ってから、塚越はみりん干しを食べ終え、紅橋の土産なのかと聞いた。

「はい。お兄様から頂いたものです」

「社長、見つかってよかったですね」

三葉の答えを聞き、塚越は聡子に声をかけた。聡子は微笑《ほほえ》んで頷き、「ありがとう」と塚越の気遣いに礼を言う。

「響さんが蔵に来て、戻ってくるかどうかはまだ分からないって言ってたんですけど」

「そうなの。まだ話してないから」

「あ…そうだったんですか。すみません」

何気なく話をした塚越は、聡子が聞いていないと知って、慌てて詫《わ》びる。聡子は気にしなくていいと笑い、そんなに簡単な話ではないと分かっていると続けた。

「見つかっただけでね。私は十分だから」

「……」

そうっすね。返す言葉に困り、塚越はなんとなく同意する。微妙な空気の流れる中で、みりん干しの焼け具合を確かめ、満遍なく焼けるように調整していた三葉が、「そうだ」と声を上げた。

「楓さんは伊勢エビのお刺身を食べたこと、ありますか？」

「伊勢エビって…あれだろ。なんかお祝いの料理とかで出てくる、高いエビだろ？　あんなの、刺身で食えるの？」

「食べられるのです。旅館の夕食で頂いたのですが、甘くてぷりぷりで大変美味しいのです」

「そっか。紅橋は海のそばだから…いいなー。三葉、食ったのかー」

「はい。今度は皆で行きましょう。響さんもそう言ってました」

三葉の言葉を聞いて、俯《うつむ》いて七輪を見つめていた聡子はさっと顔付きを変えて、「いいわね！」と賛成した。

「仕込みが終わったら皆で行けるわよね」

「お世話になった旅館のご飯が美味しくて。お刺身もたくさん…こーんなに大きな舟の形の容《い》れ物《もの》に盛りつけてあるんです」

「舟盛りってやつか。憧れじゃん」

「海が目の前で、海水浴場もあるので、夏には泳げるそうなんです。あ！　そうだ…」

塚越にお土産があるのを思い出し、三葉は着たままだったダウンジャケットのポケットを探る。フラップのボタンを外し、ポケットにしまっておいた貝殻を掌《てのひら》に載せて差し出すと、塚越は「うわ」と言って目を見開いた。

「可愛《かわい》い！　貝殻じゃん」

「ふふ。よかったです。楓さんはきっとお好きだと思いました」

「大好き。可愛いー。いいなあ。貝殻拾えるのかー」

「行くしかないわね」

きらんと目を輝かせる聡子に、塚越は激しく頷く。皆で旅行が出来るというだけで、なんだかとても楽しそうだ。その上ごちそうや海水浴なんて。

更に。

「こっちから行けば社長に会えますしね」

にやりと笑って塚越が言うのに、聡子は少し困った顔で頷いた。

「楓ちゃんには申し訳ないけど、やっぱり息子なのよね」

「どうして申し訳ないのですか？」

聡子が塚越に遠慮するような物言いをするのを聞いて、三葉は不思議そうに尋ねる。二人はどう言ったものか悩み、顔を見合わせた。

「私としては…あの子がいなくなったことで、楓ちゃんに迷惑をかけたっていう気持ちがあるから…」

「迷惑とまでは…。潰れるかもって心配はしましたけど、結局、今は前より楽しいですしね。ただ…」

途中で言うのをやめた塚越を、聡子と三葉はじっと見る。先を促す視線に背中を押されるように、正直な気持ちを続けた。

「…社長が帰ってきたらどうなるんだろうなって不安はあります」

「そうよね…」

「人手が足りなかったり、大変なことも多いすけど、あたしは今の感じが好きなんで…。社長が帰って来て、変わっちゃったらやだなって…。響さんがいなくなったりしたら…」

「どうして響さんがいなくなるんですか？」

塚越が口にした一言に驚き、三葉は真剣な表情で尋ねる。聡子は黙っていたが、その目には戸惑いが滲《にじ》んでいた。

塚越は網の上のみりん干しをひっくり返した方がいいんじゃないかと、三葉に指摘してから、響に言われた内容を伝える。

「社長が見つかる前に…響さんが、社長が帰って来たらどうしたいのか聞くって言ってたんだよ。それで、社長がもう一度やりたいって言うなら任せるしかないって…。その上で、秋田さんやあたしたちにもどうするか決めて欲しいって…」

「それって…響さんがいなくなるって意味なんですか？」

「だって。いるつもりなら、社長が戻って来ても状況的には変わらないからとか言わない？　元々、響さんは東京にいたんだし…。社長が戻って来たら、響さんは東京に帰るつもりなのかなって」

秋田も高階も、心配しているのだと塚越から聞き、三葉は固まった。環が帰って来たら一緒に仕込みを手伝えると…単純に考えていたのに。

「そんな…」

ショックを受け落ち込む三葉に代わり、聡子がみりん干しをひっくり返し、箸でつまんだそれを渡して食べるよう勧める。

「大丈夫よ。まだ環が帰って来るかどうかも分からないんだから」

「奥様…」

「はい。楓ちゃんももう一枚、食べて。みりん干しって美味しいわよね。今晩のおかずはこれに決まりね」

「いや、これがおかずなのはちょっと…。おやつですよ」

おかずにはならないと首を傾《かし》げる塚越に、聡子は「やっぱり？」と苦笑する。みりん干しを持ったままの三葉は、神妙な顔で考え込んでいた。

その晩、みりん干しは副菜の一つとして献立に加えられた。おまけのような扱いだったものの、響はもちろん秋田や高階にも好評で、仕事が残っているから飲めないのが残念だと皆が悔しがった。

仕込みの最盛期は過ぎたものの、全ての醪《もろみ》の仕込みが終わる甑《こしき》倒しが近付いて来ていることもあって慌ただしい。蔵の仕事は相変わらず忙しく、塚越と高階も夕食後、再び蔵に入り、十時を過ぎた頃に仕事を終えて帰って行った。

響と秋田もその少し後に蔵を出た。宿泊所に戻る秋田と別れ、母屋に戻った響は。

「わっ。びっくりした…」

誰もいないと思い込んでいた玄関先に、ちんまり座っていた三葉に驚かされる。思わず声を上げた後、どうしたのかと尋ねた。夜の十時には就寝している三葉がまだ起きているなんて。

「もうとっくに十時を過ぎてるだろう。紅橋から帰って来て疲れてるだろうし、早く寝れば…」

「運転された響さんの方がお疲れでしょう」

「俺は…まあ、丈夫だし」

「お尋ねしたいことがあるのです」

真面目な顔で言う三葉に、響は「お、おう」と動揺しつつ返事をして、玄関先は寒いから座敷《ざしき》へ行こうと促した。

「いえ。ここで…」

三葉がそう言うのは、聡子を気遣っているのだと気づき、響は上《あ》がり框《かまち》に腰を下ろす。なんだ？　と聞く響を、板の間に正座した三葉は真《ま》っ直《す》ぐに見据えた。

「お兄様がお戻りになったら響さんは東京へ行ってしまうのですか？」

「…え…？」

「楓さんがそう仰っていたのです。お兄様がもう一度やりたいなら任せるしかない、その時は秋田さんたちにどうするか決めて欲しいと言われたと…、だから、響さんは東京へ戻るつもりなのではないかって…」

「待て待て」

真剣に続ける三葉を途中で制し、響は困った顔で腕組みをした。なんだか話が飛躍している気がするが、自分も曖昧な物言いをしていた自覚がある。

三葉は塚越から聞いたと言うが、だとしたら、秋田や高階も同じように考えている可能性が高い。昼間、戻って来た時に、環についての報告をした際の三人が微妙な反応を見せていたのも頷《うなず》ける。

三人にも話をしなきゃいけないなと考えつつ、響は先に自分の話を聞けと言った。

「…まず、兄貴がもう一度やりたいなら…っていうのは、見つかる前の話だ。以前の兄貴を前提にしてたから、帰って来たら自分がもう一度とか言い出す可能性はなきにしもあらずだと思ってたんだ。お前は知らないだろうが、大人になってからの兄貴は、もっと…なんていうか、社長として俺が！ って感じの人だったから」

「そうなのですか？ でも、三葉がお会いしたのは…」

「違っただろ？ 俺も変わったなって思った。前に、お前からどういう人なのか聞かれて、『優しい』って答えたのは、子供の頃の話だったんだが、その頃に戻ったみたいに感じた。たぶん…無理してたのかもしれないな。跡取りとして…長男として」

向いていないキャラを演じていたのだろう。紅橋で会った環は穏やかな顔付きをしていた。それまで環が担っていた老舗酒蔵の若社長という職務よりもずっと地味な、田舎町の酒店での仕事に、満足しているように見えた。

大きな責任から離れ、のどかな港町で、住人たちから「酒屋のお兄ちゃん」と慕われる暮らしが、ぼろぼろになった環を癒やしてくれたのだとしたら。

「だから、戻って来て責任を果たせと強くは言えなかったんだ。なんだか…兄貴にはあの生活の方がしあわせなんじゃないかと思えて」

「では…響さんは東京に…」

「今はそんなこと、考えてない。兄貴が復帰して、違う方針でやっていくって言い出したら、俺の居場所はなくなるだろうし、秋田たちも兄貴のやり方に納得出来ないなら違うところで働いた方が…って考えたんだが、たぶん、兄貴は帰って来たとしても自分が先頭に立ったりはしないと思う」

響が東京に行かないと聞いた三葉は、ほっとして息を吐き、胸を押さえた。その反応が大袈裟《おおげさ》にも感じられたけれど、それだけ三葉が心配していた証拠でもあり、響は「悪かったな」と謝った。

三葉はとんでもないと言って首を横に振り、自分の希望を口にする。

「色々と難しいこともあるのだと思いますが、三葉はお兄様が戻って来られて、一緒に働けたらいいなと思っているのです。社長とか、方針とか、三葉には分からないのですけど…その方が楽しそうではありませんか？」

「……」

以前の環を知らない…今の環しか知らない三葉の素直な感想に、響は微笑《ほほえ》んで頷く。

「そうだな。…そうなるといいな」

「はい」

真面目な顔で返事する三葉のお団子を、ぽんぽん叩《たた》こうとした響は、それがないのに気づいて手を止める。既に寝間着姿の三葉の髪は解かれ、肩へと垂れている。改めて、遅くまで待たせたのを詫《わ》び、早く寝るよう促した。

「響さんこそ、遅くまでお疲れ様です」

それでは、休ませて頂きます。三葉はその場で三つ指をついて丁寧に挨拶し、自分の寝室へ向かった。たたたと軽い足音が消えると、響は上がり框から立ち上がり、座敷へ向かう。

するとー。

「わっ！……いたのか」

襖《ふすま》を開けてすぐのところに聡子が座り込んでいて驚いた。思わず飛び退《との》いた響に、聡子は驚かせたのを詫びて、こたつへ戻って行く。

俯《うつむ》き加減の顔には複雑そうな表情が浮かんでいる。夕飯前に、環に戻ってくるべきだと一応伝えたが、本人からの返事はなかったという話をした。聡子は「そう」と言っただけだったのだが。

三葉との話を聞いていたらしい聡子は、こたつに入って布団に顔半分を埋め、「私は」と話し出した。

「戻って来ない方がいいような気がしてるの」

それが聡子の本当の気持ちなのかは読めず、響は無言で聡子の斜向《はすむ》かいに座る。天板の上に置かれた菓子鉢を引き寄せて、袋入りのおかきを手に取り、包装を破った。

「俺は本人が決めることだと思うし…三葉が言ってたのも一理あるなと思う」

「一緒に働けたらって？」

環が戻って来たら本人も周囲も、色々と大変なことになるのは目に見えている。失踪してしまうほど…そして、聡子にはとても言えないが、死のうとするまで追い詰められた家業に復帰するのは、環自身の負担になるのではないか。順調に回っている仕事も、環が加わることでぎくしゃくしたりしないか。

リスクばかりが頭に浮かんでいたから、「楽しそう」なんて、思いつきもしなかった。

「楽しそうだって」

「俺はずっと兄貴と距離があったから、本当はどんな人なのか分かってないところが多いんだ。本当に…子供の頃しか知らない感じで、大人になってからは近寄りがたく感じてたし」

「根っこは同じよ。だから…たくさん抱え込んで、あっぷあっぷになっちゃったの」

おかきをバリバリ噛み砕《くだ》く響に、聡子はお茶を入れて勧める。湯飲みを受け取った響は、少しぬるいお茶を飲み干した。

「戻って来たら、色々教えるって話してたぞ」

「教えるって…」

「蔵の仕事を。三葉が兄貴に」

響が教えたやりとりは、聡子にとって思いつきもしなかった内容で、目をぱちくりさせる。蔵の新入りである三葉にとって、環は後輩になるからな…と響が付け加えると、聡子は全身で息を吐いてから、くすくすと笑った。

「…そうねえ…。やっぱり、三葉ちゃんについて行って貰ってよかったわー」

「俺もそう思う」

同意して、響は二枚目のおかきに手を伸ばす。夕飯をしっかり食べていたのに、その後の残業で腹が減ったと言う。三枚目を食べようとする響に、聡子は苦笑して「インスタントラーメン食べる？」と聞いた。


紅橋への捜索旅行から数日後。江南酒造の事務所にいた響を、佐宗《さそう》が訪ねて来た。

「桜祭りの打ち合わせ。忘れてたんじゃないだろうな？」

「あ…」

前々から日取りを決めて約束していたのに、環の一件があって、すっかり忘れていた。それもしっかり見抜かれていた響は、すまないと詫びて「実は」と紅橋で環が見つかったことを伝える。

それを聞いた佐宗は、むっとした顔付きになった。

「俺は雑誌を見た環さんから電話が来たって話すら、聞いてないぞ」

環から電話が来た翌日には紅橋に向かったし、幸運にもすぐに環は見つかったものの、戻って来てからは仕事が忙しくて佐宗に連絡を入れる余裕はなかった。だからこそ、打ち合わせの件をすっかり忘れていたのだ。

今話したからいいじゃないかとめんどくさそうに言う響に、佐宗がなおも絡もうとした時、事務所に秋田が入って来た。

「響さん…あ、佐宗さん。もう来てたんですね」

「ほら。秋田くんは約束を覚えていたぞ」

桜祭りの打ち合わせには秋田も同席してくれと佐宗は頼んでいた。響とは違って、時間通りに現れた秋田はえらいと、佐宗は褒める。響はばつの悪そうな顔をして、秋田にどうして一言言ってくれなかったのだと泣き言を向けた。

「いや、だって。響さん、覚えてたから事務所に行ったのかなって…俺、追いかけて来た感じですよ？」

「偶々《たまたま》だ」

「まあ、いい。とにかく、二人とも忙しいようだから、さっさと決めてしまおう」

桜祭りとは、毎年、四月第一週の日曜日に七洞川《ななほら》沿いで開かれる地元の商工会主催のイベントだ。鵠市を流れる七洞川には、花火大会が開かれる場所よりも上流の堤防沿いに、桜が一キロ近くにわたって植えられている。毎年、それを目当てにした大勢の花見客が訪れる為《ため》、満開になる頃は堤防の一部が通行止めになる。

人が集まる機会を利用して、鵲市をPRする目的で始まった桜祭りで、佐宗の実家である旅館「鵲亭」は弁当を販売してきた。佐宗はそれに鵲瑞の小瓶をつけてみないかと響を誘い、江南酒造とのコラボ商品を販売することになったのだ。

応接のソファに対面で座ると、真ん中に置かれている机に、秋田が持参したファイルから資料を抜き出して置く。

「…これが桜祭り用に作って貰《もら》ったラベルです」

「お。いいな」

「素敵じゃないか」

秋田が「じゃくずい」の文字デザインを依頼した友人のデザイナーに発注した新しいラベルは、桜色をベースにした春らしいデザインのものだった。桜の花もモチーフとしてあしらわれており、可愛《かわい》らしいので女性にも好まれそうだ。

「同じスペックの酒を春酒として売りだそうと思っていて…春酒のデザインはこれですね。この桜祭りデザインは限定バージョンって感じです」

「いいじゃないか。限定って響きがいい」

「そうなのか？」

限定というだけで消費者の購買欲をそそるのだと佐宗が説明するのに、響は「ふうん」と頷き、秋田が出した春酒デザインを手に取って見る。桜デザインもいいが、春酒デザインも透明感のある綺麗《きれい》なもので、「じゃくずい」というひらがな文字がよく映える。

「じゃ、これを180ミリリットルの小瓶と四合瓶で作ります」

「180って少なくないか。一合だろ」

「お弁当とのセット販売ですから。それに余り飲まない層には小瓶が受けてるんですよ。他の酒の方も販売して貰えるんですよね？」

「もちろん。花火大会の販売ブースより広い感じだから、何種類でも置けるよ」

「ありがたいです」

「全種類持って行こうぜ」

花火大会と違って、暑くはないから、もっと売れるかもしれない。搬入数の相談をする響と秋田に、佐宗は「ただね」と真剣な顔で忠告した。

「四月の第一週って、花見には微妙な感じなんだ。年度末とかの都合上、四月頭にやるしかないみたいなんだけど。去年は満開になったのが早くて、桜祭りの時にはすっかり散っちゃってたからね。特に今年は月初めと週末が重なってもいないし」

「確かに…温暖化の影響なのか、最近って満開になるのがどんどん早くなってますよね」

「天気の具合によるのか。やっぱり散ると客が減るのか？」

「もちろん影響されるよ。満開に重なると人出は増えるし、あと、その日の天気が重要だ。雨だったら最悪だよ」

残った弁当を個人的に買い取ったことがある…と佐宗は渋い表情で告白する。なるほどと響と秋田は頷《うなず》き、天気の長期予報を見る為にスマホを取り出した。

今のところ、晴れるようだが、天気予報はころころ変わるので当てにならない。特に春先は天候が不安定なのでそれが顕著になる。

「桜ってもう咲いてるのか？」

「開花予報とか出てるんですかね。この前、通りかかったらまだまだでしたけど」

「今年は暖かくなるのが遅いし、来週はまた雨で気温が下がるみたいだから、俺は花が残ってくれるのを期待してる」

佐宗の言葉に希望を持ち、攻めの姿勢で搬入数を考えようと響は提案する。秋田もそれに頷き、また試作品が出来たら連絡すると佐宗に告げた。

「じゃ、俺はこれで」

「忙しいのにありがとう。仕込みの方はそろそろ終わる感じ？」

「明明後日《しあさって》が甑倒《こしき》しで…皆造《かいぞう》は一月後くらいですね。去年より製造量を増やしてますんで…甑倒し迎えれば少し楽になりますから。桜祭りには皆で参加します」

「頼むよ」

立ち上がった秋田は、佐宗に挨拶し、事務所を出て行く。響と二人になった佐宗は、表情を厳しいものに変えて「それで？」と聞いた。

「次の打ち合わせか?」

「違う。環さんだよ」

環が見つかった経緯について、さっき説明したつもりの響は不思議そうな顔をする。何を聞きたがっているのか、今ひとつ分かっていない顔付きの響に、佐宗は苛《いら》ついたような表情を浮かべた。

「帰ってくるとか来ないとか」

「それは…まだ分からないな」

「本人が戻って来たくないって言ってるのか？」

「来たくない…とは言わなかった。俺からは戻ってくるべきだと伝えたんだが…返事はないまま、別れて来た感じだ」

「大丈夫なのか？　また、そこからいなくなったり…」

「たぶん、それはないと思う」

環は紅橋での暮らしに馴染《なじ》んでいるようだったし、逃げる理由もない。たぶん、今も酒店の配達を続けているだろう。あの海辺の町で。

環について話す響の表情が落ち着いたものであるのを見て、佐宗は悪い再会ではなかったのだろうと察した。元気だったのかと、今更のように確認すると、響は頷いた。

「最初、兄貴だって分からなかったんだ。眼鏡かけてて…長髪で、髭《ひげ》で…」

「環さんが……？」

「しかも、酒店の配達やってた」

「……」

眼鏡、長髪、髭、配達。響から聞いたどのワードも、佐宗が知る環からはかけ離れている。環はいつも小綺麗《こぎれい》な身なりで、現場の仕事には手を出さず、社長業に注力していた。それが…酒店の配達？　家業であった酒蔵のケースさえも運んだことがなさそうだった環が？　言葉に詰まる佐宗に、響は続ける。

「兄貴が見つかって…帰って来るようなことになったら、自分がもう一度やるって言い出すんじゃないかと思ってたんだ。跡取りとして継いだ責任とか…感じてるだろうし。いなくなったことを詫《わ》びて、何とか首の皮一枚繋《つな》がった状態で細々存続させて来たことに礼を言って…。あとは自分がやるからって…言われたら、俺は引くしかないって」

「だから。それはこの前も言ったけど、お前がいなきゃ…」

成り立たないと言いかける佐宗を、響は「まあまあ」と宥《なだ》め、もう少し自分の話を聞いてくれと頼んだ。

「なんていうか…俺は兄貴って人がよく分かってなくて、…全然交流がなかったから、大人になってからのイメージでなんとなく捉えてて、一緒にやるとかは無理だろうなと思ってた。兄貴は業績不振を理由に酒造りをやめようとしてたわけで、今のうちには酒造りしか残ってないんだが、その酒造りでも効率とか生産性とか、そういうものを求めそうだと思ってた。それって、造りのやり方は秋田に全部任せて、ひたすらフォローに回るってやり方をして来た俺とは違うだろ？　たぶん、お前も秋田たちも、そうなった時に俺が兄貴に対抗して、今のやり方を守れって言いたかったんだろうけど、どうしても跡取りは兄貴で、俺は次男だっていう考えが抜けないんだよな」

「おばあさんの呪いか」

ふんと鼻先から息を吐き、忌々しげに言う佐宗に、響は苦笑する。三つ子の魂百までというのとは少し違うけれど、育てられ方というのは後々まで影響するものなんだなと、他人事《ひとごと》みたいに言った。

「だから、秋田たちにも兄貴が戻って来て方針が変わったりしたら、身の振り方を考えて欲しいって話したんだけど…。兄貴そのものが想定外だったというか」

「以前と違ってたからか？」

「違うというより…兄貴は元々、あんな感じの人なのかもしれない。跡取りとして…社長として、無理してたのかもって」

「なるほどな」

それはあり得る話かもしれないと佐宗は頷く。響にも江南酒造の社長として再会した環は、子供の頃と印象が違っていたと話したことがある。

危惧していたような状況にはならないのであれば一安心だが、もう一つ確かめなくてはならない。

「お前はどうするんだ？」

「俺は今まで通り、ここにいるよ」

「環さんが戻って来ても？」

ああ…と頷いて、響は笑う。響の笑顔を見ながら、佐宗は以前にも向けた質問を再度口にした。

「一緒にやるのか？」

環と一緒に江南酒造を守っていくのか。そんな問いかけに、響はどう返事したらいいか迷う。自分が代表になって環には補佐して貰う形で江南酒造を再興するというのは、誰もが望む展開だろう。

現実としてそれに近い形になるのは分かっている。けれど、そうするつもりだと即答出来ないのは…。

「紅橋には三葉がついて行ってくれたんだ」

ふいに三葉の名前を出した響を不思議に思いつつ、佐宗は耳を傾ける。

「一人で行こうと思ったんだが、一緒に行ってもらってよかった。兄貴との間にうまい具合に入ってくれて…ぎくしゃくしたりすることもなかった」

「三葉ちゃんはそういうのが得意そうだ」

「ああ。兄貴に蔵の仕事を手伝ってるって話をして、戻って来たら教えますって言ってた」

「三葉ちゃんが…環さんに？」

聡子と同じく、佐宗もきょとんとした顔になるのがおかしくて、響は声を上げて笑う。

天衣無縫な三葉には皆が驚かされるらしい。

戻って来た環が、三葉に仕事を教えて貰いながら、蔵の手伝いをしたりする日が来るのだろうか。

分からないけど、そんな日が来たらいいなと思う。

「俺はこうだと決めずに緩やかにやっていけたらって思うんだ。誰か一人で背負うんじゃなくて、皆がそれぞれの思いを分かち合ってやっていけたら…いいんじゃないかって。まあ、そうそう甘くもないんだろうが」

難しいのは分かっている。けれど、やってみないと分からない。そう続ける響に、佐宗は「そうだな」と頷いた。

「何でもやってみないと分からないし、お前がやってみようと思っているならよかった」

「ありがとう」

心配してくれる佐宗に礼を言い、響は桜祭りの資料に目を落とす。今はまだ固い蕾もうすぐ膨らみ出す。季節が移り、春から夏になる頃には、皆で伊勢エビを食べに行けたらいいなと想像を膨らませた。

桜祭りの準備が進められると同時に、蔵での仕込みも最終段階に向かっていた。三月中旬、江南酒造ではその年最後の醪《もろみ》を仕込み終える甑倒しの日を、無事に迎えた。

朝食の支度をしながら、聡子は味噌汁《みそしる》をこしらえている三葉に声をかける。

「三葉ちゃん。今日は甑倒しだから、夕飯はごちそうにするわよ」

「承知致しました。楓さんからも楽しみにしてると言われております!」

毎年、甑倒しの日には慰労を兼ねた小さな宴《うたげ》を開くことになっている。約一月後に迎える皆造は、全ての醪を搾り終える本当の終わりであるから、飲み放題の宴会となる。けれど、まだ仕事が残っている甑倒しの宴会は、飲むよりも食べる方がメインの小宴会だ。

三葉と聡子の腕のふるい所でもある。更に、春本番となり、出回っている食材も豊かになってきているので、献立に困らない。

「まずは…孝子《たかこ》さんから頂いたタケノコを! タケノコの天ぷら、若竹煮、タケノコご飯に致しましょう」

「天ぷらは山菜もね。タラの芽、コシアブラ、花うど…なんかいいわね」

「山菜ばかりだと満足頂けないかもしれないので、海老《えび》ときすと…イカもいいですね」

「店が開いたら買い物に行きましょ」

お互いが次々と提案しながら、朝食の支度を終え、響と秋田が蔵からやって来るのを待つ。間もなくして現れた二人は、いつもと少し顔が違っている気がした。

それを不思議に思いつつ、三葉はご飯をよそった茶碗《ちゃわん》を差し出す。表情が緩んでいる理由は、秋田の口から伝えられた。

「これで今季も全てのお米を蒸し終わりますね」

「ああ。明日から蒸米作業がないから、ちょっと楽になるよな」

「えっ。今日で終わりなのですか？」

「だから、『甑倒し』なのよ。出番のなくなる甑を倒して洗うから…なのよね？」

聡子に確認された秋田は頷き、三葉にも片付けを手伝って欲しいと頼む。三葉は承知しましたと返事し、いつもよりも急いで朝食を食べた。

「そんなに急がなくても大丈夫だよ。海斗が来てからだし」

「いえ。三葉は最後のお米の匂いを嗅ぎに行きたいのです」

仕込みが始まってから、ほぼ毎日仕込み蔵の中は米を蒸す際に出る蒸気で満たされていた。三月になり、冷え込みが和らいで来たから余り目立たなくなっているけれど、一番寒い頃には蔵から流れ出る白くもうもうとした蒸気が雲のように見えた。

米の蒸される匂いもとてもよくて、それを感じに行きたいと言う三葉に、聡子は片付けはいいから行ってらっしゃいと勧める。空にした茶碗を置いた三葉は、ごちそうさまと手を合わせるのもそこそこに、響と秋田と共に母屋を出た。

春の訪れと共に日が昇るのも早くなっている。秋から冬にかけて早朝でもはっきり見えた月や星は影が薄くなった。優しい色合いの空に抱かれた蔵の中に入ると、三葉は胸いっぱいに息を吸う。

「いい匂いです！　これが嗅げるのも今日で終わりなのですか……」

「大丈夫。秋はすぐに来るよ」

次の米が取れれば、また、毎日嗅げるのだから。甑の上部を覆っている蓋布が大きく膨らんでいるのを見つめ、三葉は大きく頷《うなず》いた。

秋はすぐに来る。秋田に言われた言葉を心の中で繰り返す三葉に、隣に立った響が「それより」と声をかけた。

「今夜はごちそうなんだよな？」

「もちろんです！　奥様と張り切って用意致しますので、楽しみになさって下さい」

「楽しみだなー。三葉ちゃん、俺、パスタが食べたい」

「承知しました。響さんは？　リクエストはございますか？」

「秋田がパスタなら俺はピザかな」

「ピザでございますね。…でも、タケノコご飯もあるのですが」

大丈夫！　と二人は同時にハモる。三葉は余計な心配でございましたと笑い、もう一度、深呼吸して蒸米の匂いを吸い込んだ。母屋に戻り、後程片付けを手伝いに来ると言って、蔵を出た三葉は、出勤して来た高階に遭遇した。

「三葉ちゃん、おはよう」

「おはようございます。高階さん、今日で蒸米は最後なのですよ」

「うん。甑《こしき》倒しだからね。ようやくだー」

「今晩はごちそうに致しますので、リクエストはございますか？」

「えっ。三葉ちゃんのごちそうなんて…どうしようかな。うーん…唐揚げ？」

ごちそうと言えば唐揚げしか思いつかないのが残念だと高階はぼやきつつも、好物だからいいのだと開き直る。承知しました！　と返事した時、「おっはよー」と言う塚越の声が聞こえてきた。

三葉は塚越にも食べたいものはないかと尋ねる。

「ちなみに孝子さんからタケノコを頂いておりますので、タケノコご飯と天ぷら色々は決定しておりまして、響さんはピザ、秋田さんはパスタ、高階さんは唐揚げを希望されております」

「もうそれで十分な気もするけど、あたし、ホタルイカ好きだから、ホタルイカ使ってなんか作って」

「ホタルイカですね！」

食材のリクエストに三葉は目を輝かせる。色々、調理出来そうだ。三葉は聡子と買い物先の相談をする為《ため》に、急いで母屋へ戻って行った。


高階を手伝って道具類の片付けをした後、買い物に出かけた三葉と聡子は、様々な食材を買い込んだ。塚越の希望したホタルイカも良質なものが買えて、買い物かごいっぱいの商品と共に帰宅し、昼食の支度と並行して夜の宴に向けて準備を進めた。

「春はいいわよねえ。食材が豊富で。作ってても楽しいわ」

「空豆もお得に買えてよかったです」

「菜花もね」

うきうきと台所に立つ二人は、手際よく次々料理を作っていく。米糠《こめぬか》や唐辛子と共に大鍋で茹《ゆ》でてあったタケノコは、穂先の柔らかい部分を天ぷらに使えるよう切り分け、根元部分でタケノコご飯を仕込む。

他にも春を迎えて出回るようになった新物の若布《わかめ》との若竹煮や、ちょっとした変化球で青椒肉絲《チンジャオロース》も作っておく。

茹でて下ごしらえを施した菜花や空豆は色んな料理に使う。サラダはもちろん、パスタやピザにもたっぷり使い、皆が仕事を終えて帰って来る時間に間に合うよう、天ぷらと高階のリクエストである唐揚げを揚げまくった。

そして、今季最後となる醪の仕込みを終えて、母屋へやって来た響たちは歓声を上げた。

「おおっ！　美味《うま》そうだな！」

「さすが、三葉ちゃん！　…と奥さん」

「いやね、秋田くん。おまけみたいよ」

「すっげえ。ホタルイカ、パスタになってる！」

「他にも色々ありますので、存分に召し上がって下さいね」

「俺の唐揚げ…！」

「皆さん、お疲れ様でした」

三葉と聡子を手伝い、台所からあれこれと運んでいた中浦も加わり、甑倒しの宴会が始まる。響に促され、秋田が挨拶をした。

「取《と》り敢《あ》えず、無事に甑倒しが迎えられてよかったです。このまま皆造まで気を抜かずに頑張りましょう！　皆造で美味い酒が飲めますように！」

まだ仕事があるし、塚越や高階は運転して帰らなくてはいけないので、ジュースやお茶で乾杯する。今日は酒より飯だ。早速箸を持った響たちが目をきらりと光らせるのに、三葉は思う存分食べるよう勧めた。

「この後にまだタケノコご飯や、お汁などを出そうと思っておりますので」

「天ぷらや唐揚げは温かいうちに食べてね」

「山菜の天ぷら、うまー。これ、なんですっけ？」

「コシアブラよ」

「唐揚げ、美味《おい》しいよ。三葉ちゃん、ありがとう」

「今日は定番のお醤油《しょうゆ》ベースとは別に塩味も作ってみましたので、召し上がって下さいね」

既に両方食べた、美味しい〜と喜ぶ高階の隣では、塚越がホタルイカ食べ放題に驚喜していた。

「これ、美味い。永遠に食べてられそう！」

「そちらはホタルイカと若布の酢味噌和《すみそあ》えです。若布も旬なので柔らかくて、美味しいのです」

「パスタにも入ってるし」

「空豆と一緒にペペロンチーノにしてみました」

「三葉。これは…あれか？」

パスタは何種類か用意され、トングでとりわけられるようになっている。その一つを指して聞く響に、三葉は笑顔で頷いた。

「はい！　秋田さんからパスタのリクエストを頂いたのでせっかくですから真似《まね》してみました」

真似とは？　どういう意味なのか、不思議そうな表情を浮かべる他の面々に、響が説明する。

「紅橋に行った時、入った喫茶店で鉄板ナポリタンを食ったんだ」

「それが大変美味しかったので、作ってみました。本当は熱々の鉄板に卵を敷いて、その上にパスタが載っていたのでちょっと違うのですが」

「懐かしい感じの味で、美味いよ」

「絶対美味いやつですよね」

「ピザも美味しいですよ。定番ながら、このマルゲリータ。なかなかです」

皆がパスタに夢中になる中、ピザを食べていた中浦がバジルとモッツァレラとトマトソースの定番マルゲリータピザが絶品だと賞賛する。

ピザは三葉が生地からこねたもので、クリスマスにも作って好評を得た。

「クリスマスの時とはちょっと配合と焼き方を変えてみたんです。成功していたならよかったです！」

「大変美味しいです。そのエプロンもよくお似合いです」

「そうですか？　サンタさんから貰《もら》ったのです」

　三葉はクリスマスプレゼントに貰ったベビーピンクのエプロンドレスを、料理の時に万が一にでも焦がしてしまったりしてはいけないからと、他の家事の時にしか使っていない。今日は甑倒しのお祝いで、特別な日だからつけている。

　それを見て褒める中浦に、三葉は照れ笑いで答えるが、秘密を知る一同は生暖かい目で見守る。中浦はやはりあのエプロンドレスを気に入って買って来たようだという、なかなかに意外な事実に、三葉と中浦以外は密《ひそ》かに衝撃を受けていた。

「あ、そういえば。桜祭りなんですが、佐宗さんのところのお弁当とコラボで桜祭り限定ラベル180ミリリットルの小瓶を出すことになりまして、そのついでに他の酒も置いて貰おうと思ってたんですが、商工会の方から鵲亭さんの隣にうちのブースを作るからどうかと提案を受けまして」

　花火大会のように江南酒造として出店することになったと秋田は報告する。話を聞いていた響以外の面々は、やる気に満ちた表情で手伝いを買って出る。

「あたし、売り子やる！」

「俺も手伝います」

「三葉もです！」

「もっちろん、手伝って貰う前提で引き受けたから」

よろしくお願いします…と言って頭を下げる秋田に、三人は「任せて下さい」と張り切って返事した。一同揃《そろ》って直接販売するのは花火大会以来だ。

「夏とは違って暑くてたまらないってわけじゃないですから、日本酒も売れますよね」

「花火大会の時よりうちの知名度も上がってるしな」

「お花見も出来ますね！」

皆で参加するのだからついでにお花見しようと言う三葉に、塚越と高階は喜んで頷く。

しかし、佐宗から忠告を受けていた響と秋田は、真面目な顔で簡単なものじゃないらしいと伝えた。

「花火大会と違って、桜は天候次第だから。散ってる時もあるんだって」

「当日の天気も重要だからな。今のところ、長期予報では晴れになってるが、雨なんか降ったら散々みたいだぞ」

桜が散った後の雨の日…という最悪な状況も考慮しなければならないと聞き、三人は途端に意気消沈する。地元の商店や企業が多数出店すれど、桜祭りに来る客の目当ては満開の桜だ。それも散って、雨ならば。

「晴れるのを祈るしかないっすね」

「日程的に咲いてないってことはないでしょうから、冷え込みを期待しないと」

「お客さんが来なかった時用に、三葉は頑張ってお弁当を作ります！」

花も散って、客が来なくても。皆で花見弁当を食べれば楽しく過ごせるはず。三葉がぎゅっと拳を握り締めて宣言するのに、全員が強く賛成した。

「そうだな。たとえどんな状況になったとしても三葉の弁当があれば…」

「お花見弁当なんだよね？ 楽しみだなあ。隣で鵲亭さんのお弁当売ってるけど」

「三葉のには勝てませんよ」

「三葉ちゃん、お弁当には唐揚げだよ」

「任せて下さい！ 皆さんの好物をたっぷり詰めます！」

胸を叩《たた》いて任せて欲しいと請けおう三葉に、全員が大喜びする。これで不安も吹き飛んだ。花見弁当がメインだと盛り上がる面々に、中浦は真面目な顔で注意した。

「ですが、出店するとなるとそれなりの費用もかかりますから、お酒も売って貰わないと困ります」

「いいじゃないの。それよりも晴れてお花見出来るといいわよねえ。桜祭りって三時くらいまででしょ？ 終わってから、宴会っていうのもよくない？」

「最高です！」

聡子の提案に皆が賛成する中、一人、秋田は頭を抱えて反省する。

「去年なら桜祭りの頃には皆造迎えてたんだけどなー。今季は生産量増やしたから…宴会なのに飲めないのかー」

「そこは仕方ないだろ。皆造までは」

「皆造というのはいつになるのですか？」

三葉に聞かれた秋田は、醪《もろみ》の具合にもよるが、およそ一月後だろうと答える。四月半ばとなると、葉桜になっていそうだ。花見宴会というのは無理でも、その時には酒に合うようなごちそうをたくさん作りますからと、三葉は約束する。

「あと一月。頑張って下さい」

「そうだな」

仕込みが終わるまであと少し。頑張ろうという響の声に皆が力強く頷《うなず》いた。


甑《こしき》倒しを祝う小宴会が終わると、塚越と高階、中浦は帰宅し、響と秋田は蔵へ向かった。聡子と共に後片付けに勤《いそ》しんでいた三葉は、ほとんどの洗い物を終えて、拭いた皿を水屋簞笥《だんす》に仕舞っている時、ある物音を耳にした。

「……！」

驚いたように身体《からだ》を震わせる三葉に、聡子は「どうしたの？」と尋ねる。三葉は慌てて水屋簞笥の引き戸を閉め、ちょっと…と言って台所を飛び出した。

そのまま母屋を出た三葉は、小走りで敷地《しきち》の一番奥にある東蔵へ向かった。祠《ほこら》が祀《まつ》られている東蔵は、今はほとんど使われておらず、夜は明かりもなく暗い。寒い屋外から入った蔵の中は、外よりも空気が冷たく感じられた。

聡子には聞こえなかったようだが、三葉の耳にはしっかり届いた物音は、何かが遠くから落ちて来た時のものだった。経験があるからこそ、認識出来たというのもある。

まさか…という思いで祠に近付く。祠はかつて使われていた木桶《きおけ》の前に祀られており、その向こう側へ恐る恐る回ろうとすると、ごそごそと何かが動く音が聞こえた。

同時に。

「っ…いったー…」

「……！」

聞き覚えのある声が耳に届き、三葉は息を吞《の》んで木桶の裏側へ駆けつけた。

そこには。

「蔦《つた》！」

「あ…三葉ちゃん…」

尻餅をついた状態で呻《うめ》いている弟の蔦がいて、三葉は目を丸くする。限界まで見開いた目で凝視する三葉の前で、蔦は四《よ》つん這《ば》いになって尻を押さえた。

「いたた…。覚悟しろとは言われたけどさ。まさか尻から落ちるとは…下界に来るってこういうものなの？」

「な、なんで？」

尋ねる蔦に三葉は青い顔で聞き返す。どうして蔦が現れたのか。さっぱり理由が思い当たらず、パニックになる三葉の前で、蔦は姿勢を直してその場に正座した。

久しぶりに会う姉の三葉を見上げ、「元気そうだね」と笑みを浮かべる。三葉はそれにも答える余裕がなくて、「どうして」と繰り返した。

村では座敷《ざしき》わらしの能力を持っていない者は下界へ下りることは許されていない。蔦もその一人で、今まで村を出たことがないはずだ。それが…何故《なぜ》？

「なんか変わった格好だね。可愛《かわい》いけど。しのちゃん辺りが好きそうだ。下界は色んなものがあっていいな」

三葉の問いかけに答えず、蔦は三葉のエプロンを珍しそうに見る。要領を得ない弟に、三葉は溜《た》め息《いき》を零《こぼ》す。蔦はお調子者なところがあって、人の話を聞かない。この調子では長兄の紫苑《しおん》が苦労しているに違いないと、気の毒に思いながら、「蔦」と呼びかけた。

「どうして来たのか、聞いてるの。教えて」

「ああ。兄様に言われたんだ。三葉ちゃんに手紙を送ったけど、連絡がないからって」

「手紙？　届いてませんよ」

「やっぱり？　なんか最近、使い鴉《がらす》の機嫌が悪いらしくてね。それで、仕方なく、俺をお使いに出したわけだよ」

「お使いって…何をしに来たの？」

「三葉ちゃんを連れ戻しに」

ようやく蔦の口から聞けた目的は、三葉が遠くの物音を耳にした時、なんとなく心の底で感じた厭《いや》な予感が当たったのだと分からせるようなものだった。

すっと表情を失《な》くし、固まる三葉に、蔦は座ったまま兄からの伝言を続ける。

「ここでの三葉ちゃんの役目はもう終わるんだって」

「終わるって…まだ…」

「三葉ちゃんがそう思っても、紹介所から帰らせるようにっていう指示が来たんだよ。それに次の派遣先がもう決まってて、急いでるみたい。だから、兄様も俺を下界に落とすという暴挙に出たわけさ」

「……」

蔦が自ら暴挙というのに、三葉も納得する。風来坊なところのある弟を下界に落としたらどうなるか。簡単に想像がつくから、紫苑も出来ればしたくなかっただろう。

それほど…切羽詰まっているということで。

「…でも」

三葉はぎゅっとエプロンを握り締め、何とか声を絞り出す。その表情は辛《つら》そうで、蔦は困った顔で腕組みをした。

「兄様にね。三葉ちゃんは初めて上手にやれた先で、楽しくやってて帰りたがらないかもしれないから、ちゃんと説明するようにって言われたんだ。三葉ちゃんが居座ろうとしても『そのとき』が来たら存在が消えてしまうんだって。今回は奉公って形で家の皆さんにも深く関わっているだろうから、消えてしまって心配かけるよりも、ちゃんと挨拶して、戻って来た方がいいんじゃないかって、兄様が」

「そのとき…ってどういうこと？　まだうちには借金もたくさんあるし、お酒だって売れ始めたばかりだし」

「なんか、誰かが帰ってくるらしいよ」

「……」

全く事情の分かっていない蔦が口にした「誰か」というのが、三葉には誰のことなのかすぐに分かった。紹介所を運営している村の長老たちには未来が見える。以前の派遣先からはこれ以上いても無駄だからという理由で連れ戻された。

あの人が帰って来ることで…江南酒造が再び栄えるのであれば。それ以上に「いいこと」はあり得ない。

「いいじゃん。三葉ちゃん、村に戻ってもまた新しいところに行けるんだよ？　俺なんか、ずっと村だからね」

つまらないと唇を尖《とが》らせる弟に何も言えず、三葉は俯《うつむ》いて考え込む。

自分の役目を果たせたのは喜ばしいことだ。役目がなくなれば存在が消えてしまうのも、仕方のないことなのだ。

どんなに哀《かな》しくても。

「…蔦。兄様に伝言をお願い」

「え？」

「桜祭りまで…桜祭りが終わったら、必ず帰りますからって。それまでここにいさせて下さいって、伝えて下さい」

「……」

真剣な表情の三葉をじっと見つめ、兄に叱られる予感を飲み込んで、蔦は「分かった」と了承した。膝に手を突いて立ち上がり、足下の埃《ほこり》を払う。

「じゃ、俺はちょっと下界見物してから帰るよ」

「何を言ってるんです、見物なんて。すぐに帰らないと兄様が心配しますよ。それに夜だから真っ暗です」

「兄様も分かってるみたいで、明日の夕方までに戻ればいいって言われてるんだ。戻らなかったら強制召還されるみたい。それよりも、下界には夜でもやってる店とかあるんだろ？　コンビニとか」

「コンビニなんて、この辺りにはありません。駅の方へ行かないと」

「じゃ、そっちまで行って来る」

「そんな簡単に…」

行ける距離じゃないと三葉が蔦を窘《たしな》めようとした時、蔵の出入り口である引き戸が開く音が聞こえた。二人は軽く飛び上がり、三葉は蔦に隠れているようにジェスチャーで伝えて、彼の身体を奥へ押し込める。

「誰かいるのか？」

訝《いぶか》しげな声で呼びかけるのは響だ。三葉は深呼吸してから「三葉です！」と答えて、木桶の前へ出た。

三葉の返事を聞いた響が明かりをつける。古い照明装置は響のいる出入り口辺りをぼんやり照らした。

「何してんだ？　話し声が聞こえたから泥棒かと思ったぞ」

三葉だと分かって安堵《あんど》した様子の響の手には、掃除用の竹箒《たけぼうき》が握り締められていた。それで撃退しようと思っていたのだろう。三葉はぎこちない笑みを浮かべ、言い訳を口にする。

「祠の榊《さかき》を替えるのを忘れていたのを思い出しまして…」

「そんなの明日でいいだろう。それに電気もつけずにこんな真っ暗じゃ見えやしないんじゃないか」

「電気のスイッチは何処《どこ》だったかなーと探してまして。つい、独り言を呟《つぶや》いてしまっていたので」

その声が聞こえたのではないかという三葉の話に、響は「そうか」と納得した。とにかく寒いし、もう遅いから母屋に戻ろうと誘う響に、三葉は頷くしかなく、そのまま一緒に東蔵を出ようとしたところ、木桶の陰から蔦が顔を出しているのが見えた。

「……」

笑って手を振る蔦は、コンビニに行く気満々の顔をしている。蔦が下界見物をするのは紫苑も織り込み済みのようだし、明日の夕方には戻るつもりもあるようなので、多少は目を瞑《つぶ》るべきかと思い、三葉は騒ぎを起こしませんようにと願うだけにした。

東蔵を出たところで、響は「そういや」と思い出す。

「お前が来た時も東蔵にいたな」

「えっ…あ…そう…でしたか？」

「そうだよ。あの木桶の裏で寝てたんじゃないか」

「そう…でしたかね…。ああ、そうでした、そうでした。そんなこともありましたねえ！」

大袈裟《おおげさ》に懐かしがってみせる三葉を、響は怪訝《けげん》そうに見る。三葉の様子がおかしい気がして、どうかしたのかと聞くけれど、三葉は笑うだけだった。

「それよりも響さん。桜祭りのお花見弁当はどんなものがいいですか？」

「気が早くないか？」

「三葉は献立を考えるのが楽しいのです。お弁当というのは特別なものですし。皆さんが食べたいものをたっぷり詰め込みますから」

「楽しみにしてる。その後の皆造の宴会も頼むぞ。次の日の仕込みを気にせずに飲めるからな」

そっちの方が楽しみだと期待する響に、三葉は何も言わなかった。普段なら「分かりました！」と元気よく返してくる三葉が無言なのが気に掛かり、響は隣を見る。

自分の肩よりも下にある三葉の横顔が哀しそうなものであるのに気づき、戸惑いを覚える。おかしなことを言ったつもりはない。

「三葉？」

「……」

呼びかけられた三葉は、はっとして響を見た。慌てて笑みを作り、何でもないと首を振る。

「すみません。ちょっとぼうっとしてました」

「大丈夫か？　あんなに料理をしたから疲れたんじゃないのか」

「そうかもしれません」

風呂に入って温まって寝た方がいい。響の勧めに頷《うなず》き、三葉は「ありがとうございます」と礼を言う。立ち止まって空を見る。光っている星が少し滲《にじ》んでいる。小さくはなをすすってぼやけた視界をごまかすと、母屋へ向かう響の大きな背中を追いかけた。

第三話

午後から掃除を手伝って欲しいと高階《たかしな》に言われていた三葉《みつば》は、昼食の片付けを終えると、仕込み蔵ではなく、備品や原料の置き場となっている倉庫へ向かった。高階は既に掃除を始めていて、三葉にも箒《ほうき》を使うよう勧める。

「ここから向こうまで…全部掃いておきたいんだ」

「承知しました！　お米が置いてあった場所全部ですね？」

「ああ。また秋になって原料米が入る前にも掃除するんだけど、一応ね」

原料を置く大事な場所だから綺麗《きれい》にしておきたい…と高階が言うのに大きく頷き、三葉は手に取った箒を動かし始める。

去年の秋、初めて原料米が納入された時には、こんなにたくさんのお米が…と驚いた。その後も米の山が小さくなった頃にまたトラックがやって来て、倉庫をいっぱいにしていった。大寒の前に秋田《あきた》が密《ひそ》かに注文した山田錦《やまだにしき》もちゃんと仕込まれ、姿を消している。

毎日、米を蒸し、醪《もろみ》を仕込み…を繰り返し、山のように積まれていた米は全てなくなった。

「あんなにたくさんあったお米が全部お酒になったんですねえ」

「最初に原料米が搬入される時は正直、ちょっとうんざりするような気分になるんだけどね。あー、これ全部洗って蒸して仕込むのかーって。でも、こうやって空になった倉庫を見るのは気分いいよなあ」

「三葉もです」

いい気分だと同意し、三葉は高階と共に丹念に倉庫を掃き終えた。積まれているパレットの点検も手伝い、夕方までかけて一通り仕事が終わったところで、高階は三葉に礼を言った。

「三葉ちゃん、ありがとう。助かった。一人だと一日がかりだからさ」

「お役に立ててよかったです」

「ちょっと手伝って貰《もら》うだけで全然違うんだよな。今季は三葉ちゃんがいてくれて、本当に助かったよ」

あと少し。皆造まで頑張ろう。高階にそう声をかけられた三葉は、笑みを浮かべた。元気よく、「頑張りましょう!」と繰り返してくるかと思っていた三葉の反応がないのに、高階は心配そうな顔をする。

「どうかした?」

「いいえ。では、三葉は晩ご飯の支度がありますので失礼します」

「うん…。ありがとう」

何でもないと首を振り、三葉は小走りで母屋へ戻って行く。その後ろ姿を見ながら、高階はなんだか様子がおかしいような気がして、首を傾《かし》げた。

どうおかしいのか、具体的には言えないけれど、なんか変だ。倉庫の戸締まりをして仕込み蔵へ戻ると、塚越《つかごし》が掃除は終わったかと聞いて来た。

「はい。三葉ちゃんが手伝ってくれたんで」

「よかった。行こうと思ってたんだけど、こっちの手が離せなくて…どうかした？」

話をしていた高階の表情がなんとなく晴れないものなのに気づき、塚越は心配して尋ねる。三葉の様子がなんだか変だったという答えを聞いた塚越は、パンと手を叩《たた》いた。

「それな！　あたしも思ってるんだ」

「楓《かえで》さんも？」

「なんかおかしいっていうか…元気ないっていうか」

「そうなんですよ。いつもの三葉ちゃんらしくないっていうか」

何処となくおかしいのだと話し、二人は理由を考える。やはり母屋の家事と仕込みの手伝いを両方こなすのは大変だったのではという見方が、どちらからともなく出て来た。

「三葉っていつも元気だし、疲れたとかも言わないから、つい、色々頼んじゃったりしてたからさ」

「あー…それ、俺が一番心当たりありますよ。悪かったかなあ」

「いや。あたしも結構、手伝って貰ってた」

疲れが溜《た》まって来ているのだろうという結論に達し、三葉をどうやったら慰労出来るか話し合った。いつもたくさんのごちそうを作って楽しませてくれて、仕事も頼めば厭《いや》な顔ひとつせずに手伝ってくれる三葉に恩返し出来たら。

「三葉って何したら喜ぶかな」

「ご飯おごるとか、違いますしね」

「三葉が作った方が美味《うま》いしな」

「遊園地とかは？　三葉ちゃん、行ったことなさそうだし、一緒に行くとか」

「いいな！　皆で行くとか、喜びそう！」

高階の案に賛成し、皆造の日を迎え、今季の仕込みが全て終わったら、計画を立てようと約束する。山奥で育ったという三葉は、ちょっとした買い物だって初めてだと喜んでいた。遊園地など、経験があるとは思えない。

「ジェットコースターとか、びびるぞ。あいつ」

「びびらせてどうするんですか。観覧車とかで高いところまで上がるとかでも、喜びそうですよね」

「だな」

三葉の喜ぶ顔を想像するだけでなんだか楽しい気分になって、塚越と高階はくすくすと笑う。皆造を迎える頃には季節は春本番となり、行楽にうってつけのシーズンになる。遊園地の楽しさを教えれば、三葉の疲れも吹っ飛ぶに違いないと、二人は頷きあった。

高階の手伝いを終えて母屋へ向かっていた三葉は、何処からか「三葉ちゃん」と呼ばれて足を止めた。辺りを見回すと事務所の方で秋田が手を振っていた。

「ちょうどよかった」

近付いてくる秋田に、「何かご用ですか？」と三葉は尋ねる。秋田は手にしていたクリアファイルに挟んである書類を三葉に見せた。

「春酒の次に出す『じゃくずいプレミアム』のデザイン案が上がって来たんだけど、どう思う？」

プリンターで出力した何枚かの用紙を渡され、三葉は「素敵ですね！」と歓声を上げながらいくつかのデザイン案を見比べる。春酒や、桜祭りに出す限定ラベルも同じように秋田から意見を求められて、助言した。

それが参考になったのだと、秋田は大きく頷いて腕組みをする。

「響《ひびき》さんたちにも聞いたけど、皆、『どれもいい』って言うだけだからさ。味の感想と同じく」

「はい。三葉もどれもいいと思いますが…こちらは大変綺麗ではあるものの、じゃくずいの文字がとらえにくいように思います」

「あ、俺もそう思う。デザインに埋没してる感じだよね」

「こちらは春酒と並べると、印象が弱くなってしまいませんか？　かぶってる…と言えばいいでしょうか」

「なるほど…」

「なので、この三つの中でしたら、これが一番いいと思います」

他の酒と比べても、存在感が薄くなったりしない。理由を述べてから結論づける三葉に、秋田はにっこりと笑みを浮かべて「ありがとう！」と礼を言った。

「三葉ちゃんの意見は本当に助かるよ。それで返事してみる。…そうだ。前にも話したけど、これをデザインしてくれてる俺の友人が、三葉ちゃんに一度会いたいって言ってるんだ。俺よりも三葉ちゃんと打ち合わせした方が早いって思ってるみたいで。五月くらいなら皆造後の片付けも落ち着くし、一緒に東京行かない？」

誘いながらも、秋田は三葉が大喜びで返事するのを想像していた。本当ですか!?　行きます！　嬉《うれ》しいです！　そんな声が聞かれると思っていたのに。

「……？」

三葉はにこにこ笑っているだけで、返事をしない。不思議に思った秋田が「三葉ちゃん？」と呼びかけると、夕飯の支度がありますので…と返されてしまう。

「あ…ああ。ごめんね。忙しいところを呼び止めて」

「とんでもない！　三葉でお役に立てるならば何でも致します。では」

ぺこりと頭を下げ、母屋へ入って行く三葉を見送り、秋田は首を捻《ひね》った。役に立てるなら何でもするというのは、東京にも一緒に行くという意味で考えていいのだろうか。

しかし、三葉は回りくどい物言いをするタイプではない。何かおかしい。変だ…と思いながら、仕込み蔵へ戻ったところ。

塚越と高階が話している声が聞こえて来て、近付いて行くと「ジェットコースター」という単語が耳に入った。

「遊園地でも行くの？」

「あ、秋田さん」

「仕込み終わったら、皆で行きませんか？　なんか、最近、三葉が疲れてるみたいなんで、元気づけに連れて行こうって話してたんです」

塚越の話を聞いた秋田は、はっとした。三葉が疲れているというのは、秋田にも納得出来る話だった。

「だよね？　三葉ちゃん、なんかおかしいよね？」

「秋田さんもそう思ってたんすか！」

「楓さんと話してて、やっぱ母屋の家事やご飯作りの上に仕込みの手伝いっていうのはハードだったんじゃないかって。俺も、つい、三葉ちゃんを頼りがちだったんで」

「分かる。俺もだよ」

秋田も心当たりがあると言って、深く反省する。三葉はいつでも何でもにこにこ返事して引き受けてくれるものだから、つい甘えてしまっていた。

「それで遊園地に？」

「三葉、喜ぶかなって」

「観覧車とか」

「いや、ジェットコースターだね」

どっちの方が三葉が喜ぶか、言い合う高階と塚越に、秋田は第三の意見を投下する。

「三葉ちゃんならメリーゴーラウンドじゃないかな」

「えっ。ないっすよ。あんなん、子供が乗るやつじゃないっすか」

「ぐるぐる回ってるだけより高いところの方が面白いと思いますよ。景色も見えるし」

いやいや…と反論し、三人が互いの意見を譲らないまま、最終的に三葉に決めて貰おうという結論に至った。

「じゃ、皆で遊園地に行くのは決定ってことで」

「三葉ちゃん、喜ぶだろうな」

「三葉には内緒にしましょうね。驚く顔が見たいから」

塚越の言葉に、秋田と高階は頷《うなず》いて賛成する。三葉は何が一番面白かったと言うだろう。

そんな想像をするだけでも楽しかった。

母屋に入った三葉が台所へ向かうと、聡子《さとこ》が夕飯の支度に取りかかっていた。

「奥様、すみません。すぐに手伝います」

「急がなくていいわよ。手伝いで疲れたでしょ。お茶でも飲んで」

ほとんど準備は出来ているからと言い、聡子は三葉に台所のテーブルでお茶を飲むよう勧める。聡子が入れてくれた熱いお茶を飲んでいると、中浦《なかうら》が姿を見せた。

「聡子……あ、三葉さん。そうだ。雲母《きらら》ホテルの伊丹《いたみ》さんと打ち合わせしてたんですが、三葉さんはお元気ですかと気にしておいでてでしたよ」

「そうなんですか。ありがとうございます」

「GW明けくらいにまた顔を出されると仰《おっしゃ》ってました。あと、響さんと三葉さんにオープン前のホテルに一度泊まって貰って、納入する酒のイメージを決めて欲しいとか。その件はまた響さんと相談するそうです」

「新規オープンって何処《どこ》に？」

聡子に聞かれた中浦は「北海道だそうだ」と答える。

「えっ。じゃあ、三葉ちゃん、北海道に行けるの？」

「ああ。交通費も向こう持ちでって言ってた」

「すごい！　よかったわね！　三葉ちゃん」

仕事とは言え、北海道にただで行ける上に、三つ星ホテルである雲母ホテルに宿泊出来るのだ。ラッキーだと喜ぶ聡子に、三葉はにっこり笑う。

顔は笑っているのに返事はない。いつもなら大興奮で「いいのですか？　北海道なんて！」と声を上げて喜んでいそうなのに。

「三葉ちゃん？」

「どうかしましたか？」

肩透かしを食らったような顔で呼びかける聡子と、何か気になることでもあるのかと気遣う中浦に、三葉は笑みを浮かべたままで首を横に振った。

「いいえ。三葉はちょっとおトイレに行って来ます」

「あら。ごめんなさい」

「失礼しました」

戻って来てすぐに手伝おうとした三葉にお茶を勧めてしまったが、トイレを我慢していたのか。椅子から下りて洗面所に向かってたたたと駆けて行く三葉がいなくなると、中浦は聡子に「なあ」と呼びかけた。

「三葉さん、最近、元気がないように思うんだが」

「中浦くんもそう思う？」

自分も同じだと頷き、聡子は心配そうな表情で三葉が飲んでいたお茶を見る。手伝いもしてくれるし、相変わらず、細々と働いているものの、なんとなく覇気がない。

「調子が悪いって感じではないみたいなんだけど…疲れてるのかしら」

「それはあるかもな。一日中、三葉さんはくるくると動き回っているから」

「私が気をつけて休憩させなきゃ駄目よね。もうすぐ仕込みも終わるし、一週間くらい、何もさせないお休みを作るわ」

「一緒にどこかへ行って来たらどうだ」

ここにいれば、三葉はどうしたって働いてしまう。中浦の提案に聡子は「いいわねえ」とにんまり微笑《ほほえ》んだ。

「温泉とか…いいなあ」

「紅橋《べにはし》は？」

環《たまき》のところを訪ねてはどうかと中浦が言うと、聡子はすっと笑みを消した。真面目な顔になって、力なく首を振る。

「そんな度胸ないわよ。どんな顔して訪ねたらいいか分からないわ」

「自分で捜しに行こうとしてたじゃないか」

「それとこれは別っていうか…元気で暮らしてるって分かっただけで十分なのよね。私に会ったら、あの子は謝るだろうし。絶対、負担になるから…そのタイミングをあの子に任せてあげたいというか」

環の気持ちを一番に考えたい…と言う聡子に、中浦は「そうか」と相槌《あいづち》を打った。それから洗面所へ続く廊下を見て、三葉が戻って来たら行きたいところはないか聞いてみたらどうかと勧めた。


集荷に来た配送業者に荷物を渡し、翌日の集荷についての打ち合わせを終えた後、響は仕込み蔵へ戻ろうとした。その途中、置き忘れていたスマホを取りに母屋へ寄ろうとした際、ふと、庭に人影があるのに気づいた。

正確には庭ではなく、その隅に作られている畑だ。確認しなくても三葉だと分かり、響は近付いて行く。

時刻は夕方で、夕飯の支度に取りかかっている頃だ。その為《ため》に畑の野菜を収穫しに来ているのか。今日の献立は何か教えて貰《もら》おうと思い、声をかけようとしたところ。

しゃがみ込んでいる三葉の背中を見て、響はどきりとした。小さな背中は丸まっていて、野菜をとる為にしゃがんでいるというより、泣いてでもいるような気がした。

日の入りが近付き、山肌に面した庭は既に薄暗くなっている。そのせいもあるのだろうか。後ろ姿がひどく寂しげに見える。

三葉が泣くなんて。そんなことあり得ないと、自分の勘違いだと思うようにして、響は「三葉」と呼んだ。

「……」

びくんと小さく身体《からだ》を震わせ、一呼吸置いてから、三葉は振り返った。

「響さん。お帰りなさいませ。夕餉《ゆうげ》の支度は…」

「いや、まだ早いだろ。ちょっと寄っただけだ。…どうした？」

三葉の顔はいつも通りで、泣いていた様子も見られなかった。どうして自分がそんな勘違いをしたのか分からないけど、元気がなさそうにも思える。何かあったのかと聞いた響に、三葉はお団子を軽く揺らした。

「いえ。葱《ねぎ》をとろうとしていたところで…それより。あの、桜が」

「ああ」

葱と言いつつ、三葉のそばに葱が植わっていないのが不思議だったが、それよりも三葉が指さした桜の木が気になった。

母屋の庭には幾種類かの樹木が植わっており、桜も何本かある。そのどれもの蕾《つぼみ》が膨らみ、今にも咲きそうだ。

三月半ばくらいから急に暖かくなり、一気に開花へ近付いた。このままでは桜祭りの前に満開になり、散ってしまうのではないかと皆で心配している。三葉も庭の桜を見ながら心配していたのだと聞き、響は難しい顔つきで腕組みをした。

「ここは山に近くて寒いのにこれだけ膨らんでるからな。川沿いの桜はちらほら咲き始めてるらしいぞ」

「桜が咲くのは楽しみなのですが、早く散ってしまったら困りますよね」

「ああ。出来るだけ満開の時期が遅くなるよう、俺も願ってるんだが…。寒の戻りってやつでも来てくれたらな」

憂い顔で呟《つぶや》いた響は突然「そうだ」と言って手を叩《たた》いた。その音にびっくりし、目を丸くする三葉に向けて、にやりと笑う。

「こんな時こそ、お前のおまじないの出番じゃないか？」

「……！」

響に出番と言われた三葉は、しゃがみ込んでいた体勢から飛び上がるようにして立ち上がった。はいっ！　と元気よく返事したが、すぐに首を傾《かし》げる。

「ですが…三葉のおまじないでお天気をどうにか出来るかは…」

「やってみないと分からないだろ」

物は試しだと響に背中を押され、三葉は目を瞑《つぶ》ってぶつぶつ唱え始める。桜が散ってしまわない為には気温が低くならなければいけない。

寒くなりますように。寒くなりますように。

春には不似合いな願いを繰り返して、瞼《まぶた》を開けた。

「…やってみました」

「おう。これで大丈夫だ」

目を閉じている間にすぐそばまで来ていた響が笑みを深くして、お団子をぽんぽんと叩く。いつもしている何気ない仕草なのに、三葉が表情を硬くし、ぎゅっと両の手を握り締めるのを見て、響は不思議に思う。

「どうした?」

「…なんでもありません。三葉はお夕飯の支度をして参ります」

問いかけられた三葉は口早に言い、走って母屋へ戻って行く。自分も中へ入るつもりなんだが…と首を捻《ひね》って、響はその後を追いかけた。

　三葉のおまじないは効果てきめんだった。次の日から急激に天候が変わり、気温が急低下した。更には三月下旬であるにもかかわらず、雪まで舞い、膨らみかけていた桜の蕾は寒さに震え上がってきゅっと縮こまった。

「マジかよ…。三月…いや、もうすぐ四月なのに雪だぜ…？」

「三葉のおまじないが効いたようです」

「えっ。お前、そんなおまじない、かけたの？」

　蔵の軒下から舞い散る雪を眺めていた塚越は、隣に立つ三葉が少し自慢げに言うのに驚く。三葉のおまじないと言えば。アイスが当たるとかって、アレだろ？　と聞く塚越に、三葉は頷いた。

「三葉もお天気に効くかどうかは自信がありませんでしたが、響さんがやってみろと仰ったので」

「マジかよ。ま、偶然だろうけどな」

「そんなことありません。きっと、三葉のおまじないのおかげです」

　信じていない塚越に、三葉は真面目な顔で断言する。ちょっとむきになっているような顔を見て、塚越はにやにや笑い、「はいはい」とからかうように言って頷いた。

「おまじないでもなんでもいいよ。とにかく、これで桜が咲き始めるのも、満開になるのも遅れるだろうから、祭りまでもちそうだな」

元気よく返事する三葉を見て、塚越は安堵《あんど》する。やっぱり三葉はこうでなくちゃ…と心の中で思って、桜祭りで何を着るのかを相談した。

「花火大会は浴衣だったけど、やっぱ、着物かな」

「楓さんが着物をお召しに？」

「違う。お前だよ。正月に着てた奥さんの着物なんかいいんじゃないかな。ちょうど桜色だったろ？」

「そうですね。相談してみます。楓さんも一緒に着物を着ませんか？　奥様はたくさんお持ちなので、貸して頂けますよ」

「冗談だろ」

あんな窮屈な格好をするのはごめんだと渋い顔で首を振り、お気に入りの「はまむら」で桜祭り用の新しい服を買うつもりなのだと言う。

「忙しくてはまパトも全然出来てないけど、桜祭りの前には絶対行ってくる。仕込み終わったら、三葉もまた一緒に行こうな。春物、買おうぜ」

響さんのお金で。ちょっとふざけてみせて、笑わせようとしたのに、三葉は硬い笑みを浮かべただけだった。

「……」

さっき元気になったなと思ったばかりなのに。はい！　と元気な返事があると思っていたのに。

やっぱり疲れているのかと思い、塚越はとっておきの情報をちらつかせた。

「もうちょっとで皆造だし、あと少し頑張ろうぜ。終わったら、すっごいお楽しみがあるからさ」

「お楽しみ？」

不思議そうに繰り返す三葉に、皆で遊園地に行く計画を立てていると話したら、きっと大喜びするだろう。けれど、内緒にしておこうと高階と約束したし、その方が楽しいに決まっている。

塚越は「ああ」と頷《うなず》いただけで、詳細については話さなかった。三葉は微笑み、「楓さんが楽しいのならよかったです」と言って、ぺこりと頭を下げて母屋へ戻って行った。

内緒にせずに計画を打ち明けてしまった方が三葉を元気に出来ただろうか。でも、内緒で連れて行って、驚く顔を見たい。

複雑な心情で、塚越は秋田を探しに事務所へ向かった。急な冷え込みに身体を竦《すく》め、雪が舞い散る中庭を駆け抜ける。事務所のサッシ戸を開こうとしたところ、先に聡子が出て来た。

「あら、楓ちゃん」

「奥さん、秋田さんって中にいました？」

「いなかったわよ」

「おっかしいなあ。どこ行ったのかな」

事務所でなければ作業場の方かもしれないと、塚越は聡子に会釈して引き返そうとした。

その時、桜祭りの件を思い出し、「そうだ」と聡子に着物を貸してくれるよう頼む。

「桜祭りで三葉に着て貰いたいんですよ。ほら、お正月に三葉が着てた着物。桜色だったし、ちょうどいいかなって」

「そうね！　帯も桜祭りにあわせたものにしましょ。いいのがあったはずだから捜しておくわ。楓ちゃんも一緒にどう？」

「えー三葉にも言われたんですけど、あたしは無理です。『はまむら』でなんか買ってきます。…そうだ」

ここのところ、三葉の元気がないのを、聡子は気づいているだろうか。聡子の前では元気だったりするのだろうか。原因を探りたくて尋ねてみると、聡子は真面目な顔になって何度も頷いた。

「そうよね！　私もそう思ってるのよ！」

「やっぱり…」

もしかすると、仕込みの手伝いが辛《つら》くて…と考えたりもしたが、母屋でも元気がないのだとしたら、それが原因ではないようだ。聡子も疲れているんじゃないかと心配していると言う。

「ですよね。なんか元気なくて…反応もいつもらしくないっていうか」

「ぼんやりしてたりするし、休んでねって言ってるんだけど」

出来るだけ気遣ってはいるのだが、じっとしていられない性分の三葉には難しいようだ。

聡子の話に塚越は激しく同意し、秘密の計画を打ち明ける。

「もう少しで仕込みも終わりますし、終わったら三葉を遊園地に連れて行ってやろうかと思ってるんです」

「素敵！　三葉ちゃん、きっと喜ぶわよ」

「本人には内緒にしてるんで」

情報を漏らさないで欲しいと言われ、聡子は「もちろん」と返事する。桜祭りが終われば、皆造まで二週間もない。気温も上がってくるだろうし、遊園地には最高の季節になる。

「その頃には暖かくなってるといいわね。もうすぐ四月なのに雪なんて、信じられないわ」

「でもこのおかげで桜もちょうどいい感じになるんじゃないですか」

季節外れの寒さに閉口していた聡子は、塚越の話を聞いて、なるほどと頷いた。あのままの暖かさが続いていたらあっという間に満開になって、桜祭りの頃には散っていた可能性もある。

「これで満開の時期がずれるのね」

「三葉のおまじないのおかげらしいっすよ」

「ええ?」

「ていうことにしときましょう」

怪訝《けげん》そうな顔になる聡子に、着物の件をもう一度頼み、塚越は再び中庭を横切って作業場へ向かう。舞い散る雪が桜の花びらになる頃には、仕込みの終わりも見えてくる。繁忙期が落ち着けば三葉も元気になるはずだからと信じ、足を速めた。


桜祭りの為《ため》に訪れたような寒波が去り、本来の暖かさが戻ってくると、桜は一気に花を咲かせ始めた。江南《えなみ》酒造でも桜祭りの用意が着々と進み、四月に入って七洞《ななほら》川沿いの桜は満開となった。

そして、桜祭りを翌々日に控えた金曜日。三葉と聡子は母屋の台所で桜祭り用の花見弁当の相談をしていた。

「ご飯ものは手まり寿司《ずし》と茶巾寿司で行こうかと思います」

「いいわね。三葉ちゃんの手まり寿司や茶巾寿司なんて、楽しみだわ」

「ちらし寿司でもいいのですが、手まりや茶巾寿司の方が食べやすいかと思いまして。色んな種類を作るつもりです。おいなりさんも」

「おいなりさんも美味《おい》しいのよねえ。柴漬《しばづ》け混ぜたやつ、食べたいわ」

「畏《かしこ》まりました。おかずは…高階さんからリクエスト頂いてる唐揚げを中心に…」

たくさん作ろうと思っている。そう言って、三葉はクリスマスの時と同じく、イラストで示した完成予想図を聡子に披露した。

唐揚げ、玉子焼き、海老《えび》フライに西京焼き。三色団子に見立てたしんじょを串にさしたものや、ミニトマトのマリネ、菜花の和《あ》え物《もの》、小さなハンバーグにささみフライ。

こんなに作るのは大変じゃないかと、聡子が心配するほどの情報過多な予想図だった。

「もちろん私も手伝うけど、大丈夫？」

「はい。ただ、奥様に買い物に連れて行って頂かないと…」

「それは任せて。でも、無理だけはしないでね」

三葉の元気がないのを、皆が心配している。三葉が気にすることを恐れ、口には出さなかったが、聡子は何でも手伝うので遠慮なく言って欲しいと頼んだ。

「ありがとうございます」

「楽しみねえ。寒波のおかげで桜も満開のままだし、今のところ、晴れるみたいで、気温も高くなりそうよ。お客さんもたくさん来るといいわね」

「はい。やはり、お酒がたくさん売れてくれないと…」

困りますから…と三葉が続けようとしたところで、母屋の玄関チャイムが鳴った。

母屋の玄関は江南酒造の敷地内《しきち》にあり、公道には面していない。宅配の荷物や郵便物なども事務所に届けられることが多いので、聡子と三葉は不思議に思って顔を見合わせた。

「誰かしら？」

「出て参ります」

立ち上がろうとする聡子を制し、三葉はさっと椅子を下りて玄関へ向かう。廊下を小走りに進んで、三和土《たたき》に置いてある履き物をつっかけて、玄関の引き戸を開ける。

「お待たせ致しました…」

そう言って、引き戸から少し離れたところに立っていた客を見た三葉は、「あっ」と声を上げた。

誰かが帰ってくるらしいよ。

蔦《つた》が言い残していった言葉が頭の中に蘇《よみがえ》る。そうだった。桜祭りまで待って欲しいと頼んだ時は、とにかくここにいる時間を引き延ばしたくて必死で、「誰か」が「いつ」帰ってくるのかは確かめなかった。

そのときが来れば消えてしまうと聞いていたので、三葉は慌てて自分の身体《からだ》を確認したが、消えそうな気配はない。あの後、何の知らせもなかったし、桜祭りまでは…という自分の願いが聞き入れられたのであれば、そのように都合をつけて貰《もら》えたのかもしれない。

様々な思いが入り乱れ、何も言えずに固まっていた三葉に、緊張した面持ちの客が深く頭を下げる。

「先日は…ありがとうございました」

そう挨拶したのは環で、三葉はその声を聞いてはっと我に返った。環が帰って来たのだ。江南家にとって、これ以上に喜ばしいことはない。

「お帰りなさいませ…！　しばし、お待ちを…！」

そこから動かないでくださいと環に念押しし、三葉は急いで家の中へ戻る。廊下を駆け抜け、台所にいる聡子の元へ向かいながら、「奥様！」と大声で呼んだ。

「どうしたの？　三葉ちゃん、そんなに慌てて…」

「お兄様…お兄様が、お戻りです…！」

「お兄様…？」

誰のこと？　と聞きかけた聡子は、かっと目を大きく見開いて椅子から立ち上がった。三葉にも負けない勢いで廊下を駆け抜けて玄関へ向かい、裸足《はだし》のまま三和土に下りて外へ飛び出した。

「環…!!」

玄関先の軒下に立っていた環を見て、聡子はその名を叫ぶ。倒れてしまわないか心配で、三葉は聡子の背後に回って彼女を支えた。

環は聡子に向かってこれ以上ないくらいに深々と頭を下げ、そのままの姿勢で「すみませんでした」と謝った。

聡子は何か言おうとして口をぱくぱくさせていたが、言葉にならず、その場にしゃがみ込んでしまう。

「奥様っ……！」

「母さん！」

「だ…いじょうぶ…。ちょっと目眩《めまい》がしただけよ…」

心配する二人に平気だと返し、手を差し出す環を見上げる。それから。

「やだ。本当に三葉ちゃんの言ってた通りだわ。環じゃないみたい」

以前とは全く違う風貌の環を改めて見て、聡子は率直な感想を口にした後、可笑《おか》しそうに吹き出した。笑っている聡子に困惑する環に、三葉は中へ入るように勧める。

「お兄様、どうぞ中へ。奥様も。中でお話をされた方が…」

環の手を借りて立ち上がった聡子は頷き、そのまま一緒に家の中へ入ろうとしたのだが、環は動かなかった。聡子を真《ま》っ直《す》ぐに見て、再度詫《わ》びる。

「とんでもない真似《まね》をして、本当にごめん。一番大変な時にいなくなるなんて…母さんに全部押しつけて…あわせる顔なんかないのに戻って来てしまって…ごめん。俺は…この家に入る資格がないんだけど、何か出来ることがあればと思って…響に帰って来るべきだと言われて…その通りだと思って…」

恐らく、聡子に伝える言葉を何度も練習したのだろう。ここに来るまで繰り返して用意していたのだろうに、うまく伝えられない環は、何度も詰まりながら、それでも話すのをやめなかった。

「帰って来たところで、俺に出来ることなんかないのかもしれないけど、それでも何か出来たら…三葉さんに教えてもらって…何か出来たらと思うんだ。今日はとりあえず、母さんに謝って、響や…杜氏《とうじ》の秋田くんや…残ってくれた人たちの手伝いをすることを許して貰えたらと思って」

「分かったわ。分かったから、中に入って話しましょう」

話し続ける環に、聡子は家に入るよう促す。しかし、環は首を横に振って敷居《しきい》をまたぐのを頑《かたく》なに拒んだ。

「いや、俺は…ここで暮らすつもりはないんだ。そんな資格はないし…どこかに部屋を借りて、通えたらと思って…」

「何言ってるの。あなたの家でしょう」

「そうですよ」

呆《あき》れた顔になる聡子に三葉も同意し、環の背後に回り込む。そして。

「えいっ」

開け放たれた引き戸の向こうで、入らないと言い張っている環の背中を思い切り押した。

「わっ」

不意を突かれた弾みで、環がつんのめるようにして家の中へ入ったところを狙い、三葉と聡子は協力して玄関の引き戸を閉めてしまう。困惑した表情で二人を見る環に、にやりと笑いあって作戦成功を喜んだ。

「三葉ちゃん、グッジョブよ！」

「お褒めにあずかり光栄です！」

「あの……さ……」

いやいや。こんな子供じみた真似をされても……と言いかけた環を、聡子は「とにかく」と強い調子で言って遮った。

「あなたの考えは分かったから。私に謝るよりも、まず仏壇に手を合わせなさい。それが礼儀ってものでしょう」

先祖代々引き継いで来た家だ。普通の家でないのを理解していて、それで強く自省しているのだとしたら、その意味も分かるだろう。

三和土の上に裸足で仁王立ちし、仏間の方を指さす聡子に、環は逆らえなかった。神妙な顔付きで頷《うなず》き、靴を脱ぐ。それにほっとして、聡子は三葉と顔を見合わせて笑みを浮かべた。

環に仏間へ行くよう促した聡子は、密《ひそ》かに三葉をお使いに出した。仕込み蔵にいる響を呼んで来るよう命じられた三葉は、全速力で駆けて行き、響の姿を探した。

「響さーん！　響さーん！　一大事です‼」

蔵に入ると同時に叫んだ三葉の前に高階が現れ、響は発酵タンクで作業をしていると教える。

「どうしたの？　三葉ちゃん、慌てて」

「お兄様が戻って来られたんです！」

「お兄様…えっ！」

誰のことか考えかけ、それが環だと察した高階は驚き、走って行った三葉の後を追いかけた。途中、走る高階を見かけた塚越に「どうした？」と聞かれて、情報を伝える。

「社長が…！　戻って来たみたいです！」

「えっ！」

塚越も驚きの声を上げ、高階を追いかける。その塚越を見かけた秋田が。

「楓ちゃん、慌ててどうしたの？」

「社長、帰って来たみたいっす！」

秋田は更に塚越に続き、三葉は高階塚越秋田を引き連れる形で、響の元を訪れた。

「響さんっ!!」

「わっ、びっくりした。なんだ…って、なんだよ!?」

三葉の声で振り返った響は、その背後に皆が並んでいるのを見て、二度驚く。一体何事だと尋ねる響に、三葉は緊急事態なのだと告げた。

「お兄様が…お戻りです! 奥様が、響さんを呼ぶよう…」

言いつかって来た…と三葉が言い切る前に、響は全員を押し退けるようにして発酵タンクの作業台から下りて行く。ほとんど飛び下りるような勢いで階段をすっ飛ばし、蔵内を駆け抜ける響を、四人も反射的に追いかけた。

ラグビーでならした響の俊足に追いつけるはずもなく、あっという間にその背中は見えなくなる。それでも三葉たちは全速力で走り、中庭を抜けて母屋を目指した。

環は聡子と共に仏間にいるはずで、ならば、玄関よりも縁側から入って座敷《ざしき》を抜けた方が早い。三葉の提案に秋田たちも頷き、庭側から入って沓脱石《くつぬぎいし》近くに履き物を脱ぎ散らかした。

母屋の構造を熟知している三葉を先頭に、廊下を進んで仏間に着くと。

「えっ…」

「えっ!」

「あれ？　響さん、いないじゃん」

「先に走って行きましたよね？」

勢いよく開けた襖《ふすま》の先には、仏壇の前に聡子と環が座っているだけで、響の姿はない。

四人が首を傾《かし》げると、背後からドタドタという大きな足音が聞こえて来た。

玄関から回って来たらしい響は、先に走って行ったにもかかわらず、遅れて仏間に辿《たど》り着《つ》く。しかも。

「響さん、長靴！」

「片方、脱げてない！」

余りにも急いでいたせいか、響は左足に長靴を履いたままだった。三葉と塚越に指摘され、「あ」と自分の足下を見る。しまった…と慌てて、その場に尻餅をつくような体勢で長靴を脱ぎながら、響は仏壇の前でぽかんとした顔でいる環に、「兄貴！」と声をかけた。

「お帰り！」

続けて、響が環に向かってそう言うと、秋田たちははっとした顔付きになって、同じ言葉を口にした。

「お帰りなさい…！」

「お帰りっす」

「お帰りなさい…です」

皆に「お帰りなさい」と迎えられた環は、息を呑《の》んで言葉を詰まらせた。何も言えず、口元を手の甲で押さえる環を見て、聡子は苦笑し、響を注意する。

「あとで拭き掃除しておきなさいよ」

「おう、分かってる」

返事した響が長靴を横に置き、仏間の入り口に正座すると、三葉、秋田、塚越、高階もそれに並んで正座した。中浦はいなかったが、江南酒造の製造部が勢揃《せいぞろ》いした場で、環は呼吸を整えてから、畳に額をつけて詫びた。

「迷惑をかけて、本当にすみませんでした」

そのまま動かなくなった環に、聡子が声をかける。環…と呼ぶ声に反応し、ゆっくり顔を上げた環は、三葉の隣に座る秋田を見た。

「秋田くん…だよね。木屋《きや》さんの後を継いでくれてありがとうございます。…いや、うちに残って、酒を造ってくれて…ありがとうございます。今もうちがやっていけてるのは秋田くんのおかげだと思います」

「いや…そんな…」

秋田に礼を言った環は、再び深く頭を下げる。それから、秋田の隣に視線を移した。

「確か…塚越さん…」

「そうっす」

「うろ覚えですみません。金髪が…印象的で…カフェの方から製造部に異動してましたよね？」

「そうです、そうです」

環に覚えられていたのが意外だったらしく、塚越は目を丸くして大きく頷く。環は塚越にも礼を言って頭を下げ、最後に高階を見た。

「新入社員だった…高階くん…では？」

「そうです」

「入ったばかりで、あんなことになってしまって、申し訳ありませんでした。不安だったと思います。本当にすみません」

「いえ、まあ…その後はぼちぼちやれましたんで」

大丈夫です…と答える高階にも頭を下げて、環は腿《もも》の上に置いた拳をぎゅっと握り締めた。皆からじっと見られながら、深く息を吸い、「出来れば」と切り出した。

「これから…皆さんの手伝いをさせて貰《もら》えたら…と思っています。何もかも放り出して逃げ出したくせに何言ってるんだと思われるでしょうが…どうか、勝手な真似を許して下さい」

お願いします…と再び土下座した環は、そのまま動かなくなった。その姿を見つめたまま、聡子と響は沈黙し、座敷には静寂が流れる。重い空気を最初に破ったのは、秋田だった。

「ちょうどよかったです。桜祭りもありますし」

「そうだよ。明日の搬入とか、戦力になるじゃん」

「発送もたまってるし、どうしようかって思ってたんですよ」

秋田に続いて、塚越と高階が歓迎する態度を示すと、環は恐る恐る顔を上げた。強張《こわば》った表情は痛々しく、今にも涙を流しそうだ。

そんな環の緊張を和らげる為《ため》に、響は「よし！」と大きな声を出した。

「じゃ、出来ることはなんでも手伝って貰おう。あとのことは追々話すとして…俺もそうだけど、お前ら、戻らないとまずくないか？」

三葉の知らせに驚いて飛んで来たから、全員が仕事を放り出して来ている。響の指摘に秋田たちは慌てて、即座に立ち上がった。

「そうだった！　社長、すみません。また後で！」

「あたしもやばい。また！」

「俺も失礼しまーす！」

現れた時同様、バタバタと去って行く秋田たちに響も続く。

「きりのいいところまで片付けて来る」

悪いなと詫《わ》びて、長靴を抱えた響がいなくなると、聡子は眉を顰《ひそ》めて不満を口にした。

「もう。あの子ったら廊下の掃除、忘れてるわ」

「奥様。三葉が拭いておきますので」

「桜祭りって…七洞川の？」

すかさず響をフォローする三葉に、環は桜祭りについて尋ねる。三葉はにっこり笑って頷き、鵲《かささぎ》亭とのコラボ商品を販売する予定なのだと説明した。

「鵲亭さんが販売するお弁当にうちのお酒をつけてセット販売することになり、ついでにお隣に出店することが決まったんです。明日はその設営と搬入に行かなくてはならないのですが、春酒の発送もかなりありまして…仕込みもまだ終わっておりませんし、人手が足りないところだったのです」

「じゃ…俺でも手伝える…」

「もちろんです！」

「もちろんよ！」

環が自信なげに呟《つぶや》くと、三葉と聡子は同時に返事をする。その勢いに怯《ひる》む環に、三葉はどんなに環の存在が助かるかを熱く訴えた。

「三葉は奥様とお花見弁当を作らなくてはなりませんので、大変忙しいのです。皆さんのお手伝いをお兄様がしてくださるのなら、本当にありがたいのです」

「お花見…弁当？」

「桜祭りが終わってから、皆でお花見しようと思って。桜も満開だし。三葉ちゃんは何作っても本当に上手で美味《おい》しいのよ」

「恐れ多いお言葉！　奥様の方がお上手です」

「何言ってるの」

三葉ちゃんの方が、奥様の方が。二人して褒め合う姿を見ていた環は、気が抜けたような顔で小さく笑った。緊張で強張っていた頬が緩み、笑みが漏れたのを、三葉と聡子は嬉《うれ》しく思って、にっこり笑い合った。

やりかけていた仕事を急いで終えた響が母屋へ戻ってくると、聡子と三葉は出かけていて、環は留守番をさせられていた。茶の間でぽつんと座っていた環の前に、響はどかりと腰を下ろす。

「花見弁当の買い物があるとかで…出かけてしまったんだ。俺も一度、帰りたいんだが…」

「帰るって…どこに？」

環は戻って来た時に聡子にした…自分はここで暮らす資格はないから部屋を借りるという…説明をした後、今日はホテルに泊まるつもりだと続ける。その話を聞いた途端、響は厳しい顔付きになって眉を顰めた。

腕組みをして大きな溜《た》め息《いき》を吐き、現実的な問題を指摘する。

「その家賃はどこから出すんだ？」

「今まで貯《た》めていた蓄えが少しあるから…」

「それがなくなったら？」

「……」

「悪いが、うちは兄貴に十分な給料を払える余裕はまだないぞ。一応、業績は上向いてはいるから、今後は分からないが…それにしたって、秋田たちへの賞与とか昇給の方を優先させたい」

はっきりと江南酒造での働きに対する対価を期待しないでくれと言う響に、環は無言で頷《うなず》いた。

「分かってる」

「だったら、その蓄えとやらがなくなったらまたいなくなるのか？」

「……」

甘い考えに苛《いら》ついたこともあって、つい言葉が過ぎてしまう。環が表情を硬くしたのに気づき、響は慌てて訂正した。

「悪い。言い過ぎた。…俺は本当にこういうところが駄目なんだよな」

「いや。俺が悪いから…」

「とにかく、兄貴はここに住むしかないんだよ。本気で手伝いたいって思ってるなら、部屋借りて通うなんて呑気《のんき》なこと言ってないで、ここで暮らして何でもやってくれ」

他に選択肢はない。響にきっぱり言い切られた環は、何も返せず、頷くしかなかった。

そのまま無言でいる環に、響は気まずい思いで自分たちが訪ねた後のことを聞く。紅橋での暮らしをどうして引き上げようと思ったのか。

環は小さく咳払《せきばら》いしてから、響が戻ってくるべきだと言ったのはもっともで、すぐに頷かなければならなかったけれど、思い切るまで時間がかかったのだと話した。

「純粋に戻ってくるのが怖かった…というのもあるし、紅橋で世話になっていた店が、俺がいなくなったら廃業しなきゃいけないのは分かっていて、言い出せなかった。でも、やっぱり戻ろうと思って、話をしたら…あの旅館のご主人たちから事情を聞いてたようで、店を閉めるつもりで準備していると告げられたんだ。それで…三月末で閉店し、色々片付けを手伝ってから、鵠に戻って来た」

「…そうか」

環を呼び戻したのは、家に対する責任感なのだろうが、それはうまく働く時もあれば、悪く作用する場合もある。これからについて、どう話せばいいかと言葉に迷っていると、玄関の方で物音が聞こえた。

三葉たちが戻って来たのか…と思い、茶の間から廊下へ顔を出すと、中浦の姿が見える。

「中浦さん」

「環さんが戻って来たと聞いたのですが」

事務所にいた中浦は遅れて情報を聞いたらしく、響はここにいると答える。茶の間に入った中浦は、座っていた環に会釈してから、二人の間に正座した。

「初めまして、中浦です。僕のことは…」

「話しました。中浦さんがいなかったらうちは潰れてたって」

「ご迷惑をおかけしました。…申し訳ありません」

中浦に詫びて、畳に額をつけたまま、環は動かなくなる。中浦は困った表情で顔を上げるように言い、建設的な話をさせてくれと言った。

「僕は環さんからの謝罪が欲しいわけではなく、責めるつもりも全くありません。それよりも、これからの話をしたいんです。環さんは江南酒造に戻って来られるつもりなんですね？」

確認する中浦に、姿勢を直した環はしっかりと頷いた。中浦が来てくれたのに感謝しつつ、響は環が紅橋を引き上げたというので、うちに戻って手伝って貰おうと思ってる…と伝えた。

中浦はそれに頷き、質問する。

「具体的には何を？」

「三葉に頼んでいるような仕事で…皆をフォローする感じです。実際、人手が足りてないので…」

「環さんはそれでいいんですか？」

「はい。俺は…手伝わせて貰えるだけで」

ありがたいと言う環に、中浦は「そうですか」と相槌《あいづち》を打った後、皆が気になりつつも口に出来ない内容を切り出した。

「社長に戻るつもりはあるんですか？」

「……」

「中浦さん。それはおいおい…」

考えていけばいいのではないかと言おうとした響を、中浦は真面目な顔で制する。ここではっきりさせておきたい。環についても、響についても。

そう考えて、二人を見て率直な問いを投げかける。

「響さんにも確認したいんです。響さんは戻って来た環さんに後を任せて、東京に戻るというようなことを考えているんですか？」

ずばり聞く中浦に対し、響は「いいえ」と否定した。三葉にも聞かれ、秋田たちにも説明した。環に自分が復帰して先頭に立ってやっていくという意志があるのでなければ、このまま残るつもりだと。

「俺は…確かに、兄貴が帰って来るまでの代打だっていう意識が強かった時期もありましたが、今はないです。秋田たちと造った酒を売りたいと…秋田の酒は美味《うま》いんだってことを、広めたいと思ってます。戻って来た兄貴が違う方針でやりたいとか、そう言い出したら…」

どうするべきか迷っていた…と言いかけた響の前で、環は激しく首を横に振った。

「そんなこと…とんでもない。今更俺が方針とか、そんなこと、言えるわけがない。…それに…情けないと思われるかもしれませんが、俺には、社長とかそういうのは無理なんです。出来れば…許されるならば、補佐するような立場でいさせて欲しいです」

申し訳なさそうに頭を下げて頼む環に、中浦は「分かりました」と返す。

「では、今の体制で続けていき、環さんには現場をフォローして貰《もら》うということでいいですね？」

中浦の言葉に二人は深く頷き、互いの顔を見た。小さく笑う響につられ、環も表情を緩める。中浦は厳しい言い方になってしまったのを詫びた。

「響さんと環さんは兄弟ですが、僕や…秋田くんたちは江南酒造という会社の社員ですから。曖昧なまま、やっていくのはいい影響を与えませんので」

「分かります。ありがとうございます」

「兄貴。なんか迷うことがあったら中浦さんに相談しろよ。確実だから」

客観的で的確な意見をくれる。自分のように感情的になることもない。聡子のように甘やかすこともない。環にとってよき相談相手になるはずだという確信を持って、響は勧めた。

環も短いやりとりながら、中浦の誠実な人柄が分かったようで、神妙に頷いた。中浦は笑みを浮かべ、まだまだ会社の状況は前途多難なのだと打ち明ける。

「なかなかの額の負債でしたし、唯一残した酒造の業績も厳しく、カツカツでやって来ました。けれど、ようやく秋田くんの酒が認められ始め、苦労が報われそうな気配がしてきたところです」

「ですよね。いいときに戻って来たよ。兄貴は」

「ごめん…」

「謝るより、働けだ」

取《と》り敢《あ》えず、ホテルを引き上げに行こう。そう言って立ち上がる響と一緒に、中浦も仕事が途中だと言って腰を上げる。

「ほら、行こう」

一人、座ったままだった環は、響に促されて立ち上がる。弟の大きな背中に小さく頭を下げ、ふうと息を吐き出してからしっかりとした足取りで一歩を踏み出した。

環が戻って来た翌日。三葉は聡子と共に朝から花見弁当の仕込みを行い、祭り関係の手伝いは環に任された。搬入、設営、出店準備など、響や秋田たちの指示を受けながら、環は精力的に働いた。

その夜。深夜近くになって、喉の渇きを覚えた響が台所に行くと、三葉がいて驚いた。

「こんな夜中に何やってんだ？」

三葉はいつも十時には就寝する。もうすぐ日付も変わるような時間まで起きているなんて、珍しい。

「悩んだのですが、先に卵を焼いておこうと思いまして…もう終わります」

茶巾寿司《ずし》用の薄焼き玉子を焼いていたと言い、三葉は響の用を尋ねる。水を飲みに来ただけだと答えつつ、響は椅子に座って、小腹が空いたと言い出した。

「何か作りましょうか？」

「いや、自分でやる。カップラーメンでも…」

「お茶漬けはいかがですか？」

ご飯はあるのですぐに出せるという三葉の言葉に甘え、響は頷いた。三葉は薬缶《やかん》で湯を沸かし、水屋箪笥《だんす》から丼を取り出す。響の小腹は「小」ではない。おひつに残っていたご飯を全て丼に盛り、お茶漬けの素をかけた上に、ほぐした焼き鮭《ざけ》に焼き海苔《のり》、いくらを載せた。

「なんか豪華だな」

「明日の為《ため》に色々用意してあるのです」

冷蔵庫には食材が詰まっている。ちょうどタイミングがよかったと言い、三葉はお湯をかけた丼を響の前に置いた。

「美味そうだ。いただきます」

ご飯がなくなる前に響が具を食べ尽くすのを分かっている三葉は、梅干しやたくあん、柴《しば》漬けを盛りつけた小皿を用意する。響はずずっとお茶漬けをすすりながら、ばりばりとたくあんを噛《か》み砕《くだ》き、三葉に尋ねた。

「茶巾寿司とか言ってたが、その玉子焼きをどうするんだ？」

三葉が作っているのは薄焼き玉子で、それが何枚も皿の上に積み上げられている。響の世話を終えた三葉は、再びフライパンを火にかけて卵を焼き始めた。

「これで酢飯を包むのです」

「へえ」

「召し上がったこと、ありませんか？」

あるようなないような。首を傾《かし》げて、響は丼の残りをすすり尽くした。箸を置き、「ごちそうさま」と手を合わせる。

「美味かった」

「よかったです」

「まだかかるのか？」

「もう…あと少しです」

ボウルに残っている卵液を全て焼いてしまうつもりだと三葉は答える。卵液はわずかばかり残っているだけで、あと二枚分ほどで終わりそうだった。薄焼き玉子だから、話している間にも焼けて、三葉は次の卵を焼き始める。

「そんなに薄くよく焼けるな。破れないもんなのか？」

「卵に水溶き片栗粉《かたくりこ》を入れてるんです。そうすると破れません」

三葉から聞いた豆知識に感心し、響は最後の一枚が焼き終わるのを待つ。ひよこみたいな黄色の薄焼き玉子。三葉が四角い銅製のフライパンに卵液を流し込んだ途端、卵はすぐに焼けて固まる。それを菜箸一本で裏返す技は、見ているだけで楽しめた。

「器用だなあ」

「慣れてです」

大したことじゃないと謙遜し、三葉は焼き上がった玉子焼きを皿に載せた。作業が全て終わったのを見て、響は自分が洗い物をすると申し出た。

「いえ、三葉がしますので…」

「お茶漬けの丼を洗うついでだ」

お前は他を片付けたらいいという響の言葉に従い、三葉は焼き上がった薄焼き玉子を重ねた皿にラップをして冷蔵庫へしまい、他にも出していた調味料などを片付けて、明日の早朝から効率よく作業が出来るように準備した。

「終わったか？」

「はい。ありがとうございました。これで準備万端です。すみません。響さんに洗い物をさせてしまって」

「何言ってんだ。俺はお茶漬けを食わせて貰ったじゃないか。お前の夜食が食えるなんて、台所を覗《のぞ》いて得した」

棚からぼた餅だと喜ぶ響を、三葉はじっと見つめる。その顔には笑みがなく、強張《こわば》っているのに気づいた響は、「どうした？」と心配そうに聞いた。

三葉は首を横に振り、なんでもないと示す。けれど、声が出ずに、首だけを振るから、お団子が揺れる。

その顔は今にも泣き出しそうだった。

「大丈夫か？　疲れたのか？　こんな夜中まで無理するからだ。ほら、もう寝よう」

三葉がこんな顔をする理由に心当たりがなくて、疲れているせいだと考えた響は、早く寝ろと促した。いつもは十時に寝ている三葉がこんな時間まで起きているのだ。睡魔にも襲われているのかもしれない。

三葉は響の言葉に頷《うなず》き、「はい」と返事する。

「おやすみなさいませ」

「おやすみ」

ぺこりと頭を下げ、三葉は自分の部屋へ向かう。廊下の暗がりにその姿が消えると、響は台所の明かりを消して、二階の自室へ上がった。

桜祭り当日。鵲市は朝から快晴で、春らしい水色の空には雲一つ浮かんでいなかった。

七洞川沿いの桜は満開を迎え、一つ一つの花がめいいっぱいに広がって咲き誇り、我こそはと競い合っているようだった。

普段は車通りの多い堤防沿いの道路は通行止めにされ、臨時の散策路となる。その道沿いに地元商工会がテントを張り、出店用のブースを設《しつら》えた。

江南酒造もその一つで酒を販売する為、前日から皆で準備をしていた。桜祭り限定ラベルの純米吟醸や、季節限定でリリースした春酒の純米酒、新しい銘柄の「じゃくずい」に昔ながらの「鵲瑞《じゃくずい》」といった、バラエティに富んだ商品がテーブル上に並べられた。

早朝から花見弁当を聡子と共にこしらえていた三葉は、出店の販売開始時間である十時ぎりぎりに祭り会場に到着した。

「遅くなりましてすみません！」

詫《わ》びる三葉の衣装は、塚越に勧められていた聡子の桜色の訪問着だ。初詣の時は金糸の帯だったが、今回は桜祭りにあわせて桜の花びらが柄としてあしらわれた繻子《しゅす》の帯を締め、その上に江南酒造の文字が入った法被を羽織っている。

三葉の姿を見た塚越は、嬉《うれ》しそうに笑って褒めた。

「やっぱ三葉は着物、似合うな！　可愛《かわい》い！」

「ありがとうございます。楓さんも可愛いです！」

三葉と一緒に売り場に花を添える予定の塚越は、仕事の合間を縫って「はまむら」へ新しい服を買いに行っていた。一張羅として着込んだ黒いサテン地のジャンパーには桜の花が刺繍《ししゅう》されており、一目でこれだと惚《ほ》れ込んで購入したものである。

本来はその上に法被を着るのだが、桜が隠れてしまうからと、代わりに鵲瑞のマーク入り前掛けを腰につけている。

「三葉ちゃんはやっぱり着物が似合うね」

「楓さんのジャンパーもかっこいいです」

「二人とも、頑張って売ってくれ」

テントの中で控えていた秋田と高階、響が声をかけると、新たに加わった環が自分も何か言わなくてはいけないのではという焦った顔で口を開いた。

「…可愛いです」

何を言えばいいのか迷った挙げ句に出て来たらしい言葉が「可愛い」で、一同は一瞬沈黙した後、「確かに」などと頷き合った。

そこへ「可愛い」を言い慣れた男が登場する。

「三葉ちゃんも楓ちゃんも可愛いね。桜祭りによく似合ってるし素敵だ。うちの弁当もよろしく頼むよ」

三葉と塚越を褒めつつ、自分も目立つ羽織《はおり》姿で現れたのは佐宗《さそう》である。

江南酒造の隣では、鵲亭が花見弁当を販売する。鵲亭のブースには旅館と直営の居酒屋・勝鴉《かちがらす》から集められた女性スタッフが大勢いて、人手は十分足りているだろうに、うちもよろしくと言える佐宗の商魂を見習うよう、響は環に勧めた。

「兄貴もあれくらいのたくましさがないと」

「ああ。…翔太《しょうた》くん、久しぶり」

「お元気そうでよかったです」

にっこり笑って環に声をかけた佐宗は、江南酒造のブースへ入り込んで、空いていた椅子に遠慮なく腰掛けた。実際、鵲亭のブースは手練《てだ》れのスタッフたちが仕切っているので、佐宗の出番はない。一緒に眺めていようと環を誘い、自分の隣の椅子を勧める。

「環さんも帰って来たばかりで疲れてるでしょう。どうぞどうぞ」

「お前のブースじゃないだろ」

「けちくさいことを言うなよ」

我が物顔の佐宗に響は文句を言いつつも、環に座るよう促した。昨日も朝からずっとあちこちの手伝いにかり出され、一日働いていたし、今朝も早くから準備に来ている。

「販売は三葉と楓の方が上手だし、俺たちは会計や包装を手伝うくらいだから。忙しくない内に休んでおいた方がいい」

「でも…」

「まあまあ」

申し訳なさそうな顔で遠慮しようとする環を、佐宗は半ば強引に座らせた。響は立ったまま、桜祭りが終わったら花見をする予定なのだと佐宗に話す。

「三葉が張り切って花見弁当を作ってくれたんだ。撤収作業が終わったら、母さんたちが場所取りしてくれてるあっちの方で宴会するんだが…」

「もちろん行くよ」

お前も来るか？　と誘われる前に佐宗は当然の顔付きで返事する。

「三葉ちゃんの花見弁当なんて、楽しみ過ぎる。前に昼をごちそうになった時、驚いたからね。響から美味《うま》いとは聞いてたけど、本当に美味《おい》しくて。環さんも食べました？」

「うん。ご飯はもちろん美味しいし、すごく働く子で驚いたよ」

台所仕事に、掃除、洗濯、仕込みの手伝いと、三葉は止まっている時がない。昨日、一日だけでも、三葉の働き具合に環は驚かされた。

「あんないい子が働いてくれてて…よかった。そういえば、三葉さんはどういう縁でうちで働くようになったんだ？」

「ああ。三葉は…」

ある日、突然現れたのだと、当時のことを思い出しながら、響が説明しようとした時、

「響さん！」と呼ぶ声が聞こえた。

「スズシロ酒店さんです」

前に立っていた高階から、世話になっている酒販店が来ていると聞き、響は挨拶の為に出て行く。響を見て手を上げた酒販店の店主は、佐宗の隣に座っているのが環だと気づいたようで、驚いた表情を浮かべた。

店主は近付いた響に何やら話しかける。離れているのと、音楽がかかっているせいで、会話は聞こえない。けれど、環のことを確認しているのだろうと分かった。

「……」

環は立ち上がり、店主に向かって頭を深く下げた。環の行動に店主は戸惑った表情を浮かべつつも、会釈する。

再び座った環に、佐宗は挨拶して来なくていいのかと聞いた。環は小さく首を振って、自分は裏方に徹すると決めたのだと話す。

「響や秋田くんたちを手伝っていけたらと思ってるんだ」

「響に任せるんですか？」

「響に…というか、今も江南酒造がやっていけてるのは皆のおかげで、その皆がやりたいことを出来るように…、俺に手伝えることがあったら、何でもしたい」

環の話を聞いた佐宗は、笑って頷く。響も同じようなことを言っていた。誰か一人で背負うんじゃなくて、皆がそれぞれの思いを分かち合ってやっていけたらいい。そんな兄弟の願いが叶《かな》うといいと思って、印象の変わった環の横顔に「頑張ってください」と声をかけた。

桜の咲き具合と当日の天気に左右される心配のあった桜祭りは、寒気のせいで満開になるのが遅れたのと、晴れて暖かな日になったおかげで、かつてない人出に恵まれた。江南酒造の出店にも大勢の客が訪れ、限定の花見ラベル酒は完売、他の酒もかなり売れて、十分過ぎる売上が上がった。

三時で販売は終了し、撤収作業を終えた後、夕方近くになって江南酒造の宴会が始まった。

桜祭りが開催された場所から少し離れたところに、地元の人間しか訪れない穴場スポットがある。夜になっても街灯があるので、夜桜を見ながらの宴会にはぴったりだ。

密《ひそ》かに人気のその場所を、中浦と聡子で場所取りして、宴会の支度をして一同を待っていた。

「お疲れ様ー。さあ、座って座って。おなか、空いたでしょう?」

「お疲れ様です。すごい売れ行きだったようですね」

「おかげさまで桜ラベルは完売です!」

嬉しそうに秋田が報告すると、全員が拍手する。これはとにかく乾杯するしかないと、用意されていたプラカップが配られた。

「明日も仕事なのは分かってるけど、今日だけは飲みなさいよ。こんな満開の桜の下で飲まないなんて」

あり得ないわ…と聡子は三葉と手分けして、宴会用にとっておいた桜ラベルの酒を、それぞれに持たせたカップに注いだ。下戸の中浦と環にはお茶を注ぎ、皆で乾杯する。

乾杯の音頭は一同に勧められて響がとった。

「おかげさまで完売した商品もあるし、大好評でありがたかった。買ってくれたお客さんが美味しく飲んでくれるように願ってます。まだ皆造までもう少し頑張らなきゃいけないが、今日はちょっとだけ飲んで楽しもう。乾杯!」

乾杯！　と一斉にカップを掲げ、酒に口をつける。一口飲んで、「んっ！」と呻《うめ》いたのは佐宗だ。

「これは……！　美味いよ、秋田くん！」

「ありがとうございます！　佐宗さんがストレートに美味いって言ってくれるなんて……」

「よかったっすね！　秋田さん！」

「おめでとうございます！」

やっとこの日が来たと大袈裟《おおげさ》に感激する秋田を見て、塚越と高階も喜ぶ。佐宗は心外な反応だと言いつつ、もう一口酒を飲んだ。

「うちでも桜ラベルの小瓶つき弁当が一番早く売り切れたんだよね。皆、よく知ってるなあ」

「先月発売された『美味満載』の影響が大きいんです。それで知ってくれたお客さんが買ってるのを見て、有名なお酒なら…って釣られて買ってくれる人も多くて」

「それでも味が伴わないなら売れないよ」

美味い。繰り返し「美味い」と佐宗に言われ、秋田は「やったー！」と歓声を上げた。売れるのも納得の酒だという最大の賛辞を秋田に向けつつ、佐宗は車座の中央に並べられたお重も素晴らしいと褒めた。

「お酒も美味しいけど、この花見弁当もすごいよね。これだけ作るのは大変だったろう。

「奥様にもたくさん手伝って頂いたので。どうぞ召し上がって下さい」

三段のお重が二つ分…六つの重箱が並べられ、その周囲にも料理が詰まったパーティプレートが置かれている。手まり寿司《ずし》に茶巾寿司、いなり寿司。醤油《しょうゆ》に塩麹《しおこうじ》と、味を変えた唐揚げ。優しい黄色の玉子焼き。タルタルソースが添えられた海老《えび》フライにチーズと大葉を挟んだささみフライ。

色とりどり、品数豊富な花見弁当に全員が釘付《くぎづ》けになる。

「このお寿司、可愛い。一口サイズで食べやすいし。三葉って本当に器用だな」

「玉子焼きの中にお寿司が入ってるんだね？」

「茶巾寿司っていうのよ」

「昨夜、三葉が夜中まで頑張って焼いてたんだぞ。玉子焼き」

「唐揚げ、美味い！　美味いよ、三葉ちゃん」

「三葉さんは本当に料理が上手いんだなあ」

「海老しんじょが美味しいです。三葉さん」

口々に褒められ、三葉は嬉《うれ》しそうに笑みを浮かべる。頭上には桜が満開だったが、花より団子、団子より酒の面子《メンツ》が揃《そろ》っているから、お重の中身も一升瓶もするすると減っていく。

明日も朝から仕事なので、酒は全員で一升までと決めていた。皆にお酌をしていた三葉は、一升瓶の酒が残り僅かになっているのを見て、隣に座る響に勧める。

「響さん。もうこれで終わりですので、いかがですか？」

「お前、飲めよ。今日は全然飲んでないだろう？」

いつもなら三葉も美味しい美味しいとおかわりするのだが、今日は最初の乾杯以降、飲んでいないのに気づいていた。一升瓶が一本しかないから気を遣っているのだろうと思っていた響は、最後の一杯を飲むように勧める。

遠慮しようとする三葉から瓶を奪って、カップに注ぐ。三葉は申し訳なさそうにカップを持ち、恭しくそれを掲げた。

「では…頂きます」

瓶に残っていた酒は僅かで、一口で飲み終わってしまう。三葉は空になったカップを置いて、「美味しかったです」と言い、にっこり微笑《ほほえ》んだ。

「本当に…美味しかったです」

「……」

どうしてわざわざ繰り返すのか。不思議に思ったけれど、口に出すことでもない気がして、響は何も言わなかった。代わりに。

「この茶巾寿司も美味いぞ。また作ってくれ」

三葉が薄焼き玉子を焼いている姿を見ているだけでも楽しかった。わざわざ酢飯を薄焼き玉子で包むなんて、面倒ではあるのだろうが、三葉なら頼めばいつでも作ってくれるに違いない。

分かりました！　と元気な返事があると思っていたのに、三葉は無言だった。その顔はなんとなく笑っているけれど、表情は硬く、泣き出しそうにも見える。

「どうし…」

「響さん。ちょっと散歩しませんか？」

気分でも悪いのかと聞こうとした響は、三葉の声に遮られた。歩きたいというのは、気分転換の為《ため》なのか。響は頷《うなず》いて立ち上がり、三葉と共に宴会を抜け出した。

賑《にぎ》やかに話し込んでいる一同から離れ、桜を眺めながら歩き始める。

「じゃ、あっちの橋まで行って折り返してくるか」

花見をしていた場所は桜祭りが開かれていた区域よりも道幅が狭いせいもあって、車通りは少ない。街灯が点在しているから夜でも桜を楽しめるけれど、地元民しか知らない穴場であるから、暗くなった今は歩いている人影はほとんど見当たらなかった。

「今日はたくさん売れてよかったですね」

「ああ。正直、あんなに売れるとは思わなかった。あの雑誌の影響って大きいんだな。取材の話が来た時、秋田が喜んだのも納得だ」

「お兄様も頑張ってらして、よかったです」

三葉の言葉に響は頷き、「よかった」と繰り返した。桜祭りには地元商工会の関係者はもちろん、酒販店や飲食店など、環の顔をよく知る関係者がやって来ることは分かっていた。そんな場所で、環は好奇の目に晒《さら》されるに違いなく、負担になるようであれば帰ることを勧めようとも考えていた。

けれど、環は自分に気づいた相手には挨拶し、声をかけられても逃げることなく、まず頭を下げた。迷惑をかけてすみませんでした。手伝わせて貰《もら》うことになりましたので、よろしくお願いします。正面から詫《わ》びる環に心ない言葉をかける者はいなかった。

三葉の言う通り、本当によかった。響は心からそう思って、立ち止まって頭上の桜を見る。

「明日からは雨みたいな予報だったから、この桜も見納めかな」

「そうですね…」

「今日まで散らずにいてくれてよかった。お前のおまじないが効いたんだな」

おまじないの出番だと三葉には言ったものの、相手は天気だけに、本当に効くかどうかは分からないと思っていた。まぐれであったとしても、効いたとしか思えない急な天気の変化に助けられた。

満開の花を見上げていた響は、隣にいる三葉から返事がないのに気づく。三葉のおまじないはよく効きますから。ちょっと自慢げな顔でそう言うかと思っていたのに。

「……？」

不思議に思って視線を下げると、三葉がいなくなっていた。響は慌てて周囲を見回し、三葉の名前を呼ぶ。

「三葉？　何処《どこ》行ったんだ？　三葉？」

まさか足を踏み外したのかと、堤防の下を覗《のぞ》き込んでみるが、三葉の姿は見えない。さっきまで横にいたのに。一瞬で消えた三葉を捜して、名前を呼びながら暗い夜道を小走りに進んでいると。

「……！」

あそこで折り返そうと話していた橋の欄干越しに三葉らしき人影が見えた。あんなところまで行っていたのかと驚きつつ、響は駆けつける。

「急にいなくなったらびっくりするだろ。どうした…」

三葉に話しかけた響は、何かがおかしいと気づいて、足を止めた。橋の上に立っている三葉はさっきと何かが違う。何が違うのかと考えて、着物が違うのだと気づいた。

宴会を抜け出して一緒に歩いていた時は、桜色の訪問着を着ていた。桜祭りの為に聡子から借りた一張羅だ。しかし、今は違う着物を着ている。

あれは…確か、三葉と最初に会った時に着ていたものだ。格子縞《こうしじま》の絣《かすり》の着物。手に抱いている風呂敷《ふろしき》包みもあの時のものと一緒だ。

「…三葉…?」

「響さん。江南家はもう大丈夫です。お兄様が帰ってらして、これからは安泰なのです。三葉の役目は終わりました」

「何言って…」

「三葉は江南家に奉公させて頂けて、本当によかったです。響さん、奥様、秋田さん、楓さん、高階さん、中浦さん、佐宗さん…そして、お兄様。皆さんがよくして下さって…三葉のすることを喜んで下さって、本当に嬉しかったです」

まるで別れの挨拶みたいだ。心の中に湧き上がった言葉にぞっとする。まさか。三葉がいなくなるなんて。

「何の話を…」

「三葉は帰らなくてはいけないのです」

「……」

笑みのない顔で三葉に告げられた響は息を呑《の》んだ。まさかと思ったことが現実で、急すぎる話に頭がついていかない。

「本当は皆さんお一人お一人にお礼を伝えたくて時間を貰ったのですが…、どうしても出来ませんでした。なので、響さんからよろしくお伝え下さい。江南家でのことは全部楽しかったです。お役に立たなくてはいけない立場なのに、三葉の方が楽しんでしまっていました。だから、ちゃんといいことを起こせたかどうかは分からないのですが…」

「待て」

響は無理矢理吸い込んだ息を吐き出すのと同時に、三葉の話を止めた。低い声に遮られた三葉は、大きな目で響を凝視する。

「こんなの、突然過ぎるだろう。帰らなきゃいけないって…何があったんだ？　話してくれ。俺に出来ることなら何でもする。お前に帰られちゃ困る」

「お兄様がいらっしゃいます」

「兄貴とお前じゃ全然違う。お前がいてくれないと…」

困る…いや、寂しい。三葉がいない毎日が想像出来なくて、言葉に詰まった響に、三葉はにっこり笑いかけた。

昼間に見た満開の桜みたいに。晴れやかな笑顔だった。

「響さん。ありがとうございました。江南家の当主様が響さんでよかったです。お兄様もいい方ですが、響さんはやっぱり特別でした。響さんだったから…」

毎日が楽しくてたまらなかった。三葉は震える声で続けて、ぺこりと頭を下げる。揺れるお団子を見て、響は三葉に向かって手を伸ばした。

まるで、ここでいなくなってしまうみたいな…そんな悪い予感を抱いて、三葉を捕まえようとしたのに、届くはずの距離なのに、三葉に触れられない。

「……!?」

三葉が透明になってしまったみたいに、すかっと手が空を切る。おかしい。

「三葉……！　待てよ！　お前がいなきゃ……」

皆が悲しむし、いいこともいいことじゃなくなってしまう。駄目だ。行かせたくないと強く思って、三葉を抱き締めようとした響は、そこでふっと意識を失った。

その後、宴会から姿を消した響と三葉を捜していた秋田と高階は、橋の上で倒れている響を見つけた。酔っ払って寝てしまったのかと呆《あき》れて起こしてみると、響は三葉が消えてしまったのだと訴えた。

そんな馬鹿なと最初は笑っていた秋田たちだったが、本当に三葉はいなくなってしまっていた。宴会をした七洞《ななほら》川沿いを皆で夜中まで捜したものの、三葉は見つからず、警察に届けを出すべきかどうか悩みながら、江南家に戻ると、三葉が使っていた部屋に手紙が残されていた。

それには響が三葉本人から聞いた通り、家の事情で急に帰らなくてはならなくなったと書かれていた。聡子をはじめとして、各人への礼が細かに記されていて、三葉は本人の意志でいなくなったのだと判断された。

だとしても、響はどうしても納得がいかず、三葉を捜そうとした。しかし、手がかりが見事になかった。三葉はどこからやって来たのかを曖昧にしか話さなかったし、兄からだという手紙にも、差出人の住所は書かれていなかった。

色んなことを不思議に思いながらも、追求したりしなかったのは、三葉がそれを望んでいないようだったからだ。毎日、くるくると働いて、にこにこ笑って、皆を心配して気遣って、元気でいられるように美味《おい》しいご飯を作ってくれる。

そんな三葉がいてくれるだけでよかったから…。

響はもちろん、江南家、江南酒造一同は深刻な三葉ロスに陥った。

桜祭りが終わって間もなく、江南酒造ではその年の醪《もろみ》を全て搾り、酒造りを終える皆造を迎えた。秋口に始まった仕込みを無事済ませられたのを祝って、その日は気兼ねなく飲み食い出来るお楽しみがあるのだが。

「ごめんなさいね…。三葉ちゃんがいないから…大したものが作れなくて…」

母屋の座敷《ざしき》に宴会の用意をした聡子は、申し訳なさそうに皆に詫びる。とんでもないと言いながらも、三葉がいたら…と思ってしまうのを誰もがやめられなかった。

「奥さんの料理も十分美味しいですから。ただ…ちょっと、三葉ちゃんのアレが…アレだったんで」

「三葉がいた時がおかしかったんですよ。あいつ、アホみたいな量作るし、バカみたいに美味《うま》かったし」

「三葉ちゃんの唐揚げ…」

「やっぱりうなぎでもとればよかったかしら…」

「三葉さん、うなぎを美味しそうに食べてたよな…」

「やだ。中浦くん、そんなこと言わないでよ」

思い出すと泣けてくる…と眉を顰《ひそ》めた聡子は、座敷を見回して響がいないのに気づく。乾杯の音頭をとらなきゃいけないのに、何処へ行ったのかと捜しかけた聡子に、高階が東蔵へ行くのを見かけたと教えた。

「先にやっててくれとか言ってましたよ」

「何言ってるの。もう…」

「俺が呼んで来る」

響を呼びに行こうとする聡子を制し、環が立ち上がる。母屋を出て東蔵に向かうと、開いていた出入り口から「響」と名前を呼んだ。

「母さんが呼んでるぞ」

響…と再度呼んでも返事はない。高階の見間違いだったのかと思いつつ、環は蔵の中へ入って、響の姿を捜した。

いなければ別のところを…と考えていたが、古い蔵の奥まった場所にある祠《ほこら》の前に、響は立っていた。

「響…」

いたのか…と話しかけようとした環は、響が手を合わせて真剣に祈っている様子なのを見て、思いとどまる。背後に立って弟の大きな背中を見ながら、仕込みを終えられた礼でも伝えているのだろうかと考えていたのだが。

「…っ…びっくりした」

姿勢を直した響は、環がいるのに気づいて驚く。環は何度も声をかけたと返し、再度、聡子が呼んでいると伝えた。

「皆造の祝いだから、お前が乾杯しないと」

「先にやっててくれって海斗《かいと》に言ったんだが」

「そういうわけにもいかないだろう。…偉いな」

困った顔で言い、環は祠を見る。何が偉いのか、ぴんと来なかった響が不思議そうな表情を浮かべると、自分は秋の祈願祭と元旦くらいにしか、ここへ来たことがなかったと話した。

「信心深いんだな」

「違う違う」

家業について祈っていたのだと考え、褒める環に、響は大きな掌《てのひら》を振って否定した。

祠の前で完全に否定してしまうのはまずいとも思って、首を捻《ひね》る。

「いや、まあ、無事に終わってありがとうございました的なところもあるんだが……」

「他に何かあるのか？」

「……」

おかしなことを言うと呆れられないだろうか。ちょっと心配したものの、呆れられたとしても別に構わないと思い直し、何を祈っていたのか教える。

「三葉が戻って来てくれるように願ってたんだ」

「三葉さんが……？」

神頼みする内容だとは思えず、意外に感じた環は怪訝《けげん》そうな表情になる。響はそれに気づいて、根拠はないものの、なんとなく感じている繋《つな》がりみたいなものを説明した。

「三葉がうちに来た時、この…祠の後ろにある木桶《きおけ》の裏で寝てたんだ」

「は？」

どういうことだと、環は聞き返す。確かに、今思えばおかしな話だ。外で飲んで帰って来たら、木桶の裏から着物姿の少女が現れたなんて。

「母さんが入院してる時で、祠の世話を任されてたんだ。夜に帰って来た時になんとなく、ここへ来て手を合わせていたら…悲鳴が聞こえて、何事かと思って木桶の裏を覗《のぞ》いたら、三葉が尻餅ついてた」

「はあ…」

当時を思い出して、響は話しながら木桶の裏側へ回る。ここだ…と、事件現場を指すみたいに何もない床に指先を向けた。

「うちに奉公に来たって言うから意味分からなくて。今時、奉公なんてあり得ないだろ？　あいつの兄さんからの手紙には江南家に恩があるとか何とか書いてあって…母さんと相談して、取《と》り敢《あ》えず置いてやることにしたんだ。給料は払えなくてもいいって言うし、どうも貧乏で苦労してるような感じがあったから…」

「そうだったのか…。なんとも…不思議な経緯があったんだな」

「ああ。改めて考えると…他にも色々不思議なことがあったんだが…、あいつがいてくれるだけでよくて…」

だから、何も聞かないでいたのがいけなかった。何処《どこ》に帰ったかも分からず、連絡も取れない。

「もう一度、来て欲しいんだ。俺はともかく、母さんたちは三葉に別れの言葉も言えてないし。皆、会いたいはずだ」

「確かに。今も座敷はしんみりしてるぞ。三葉さんがいたら…って」

「だよな…」

三葉も一緒に頑張って造った酒を、思う存分味わいたかった。三葉がいたらきっと、座卓に乗り切らない程の料理をこしらえてくれただろうし、一緒に朝までだって飲み明かせたのに。

これからだって、色んな予定を立てていた。

鵲亭の日帰りプランを楽しまなきゃいけなかったし、名古屋《なごや》で名物食べ放題もするはずだった。北海道の雲母ホテルにも行かなきゃいけなかったし、東京の酒販店巡りだって三葉がいなきゃ始まらない。

環は帰って来たけれど、紅橋に蔵の皆で伊勢《いせ》エビも食べにいかなきゃいけなかった。梅酒の仕込みだってある。田植えだってある。秋になれば次の仕込みも始まる。

三葉がいたら、どんなことでも楽しそうに一緒にしてくれただろう。

「……」

三葉の笑顔を思い出し、響は深い溜《た》め息《いき》を零《こぼ》す。出来ることは神頼みくらいなんて。そんな自分が歯がゆくてたまらなかった。

三葉がいたら。響はもちろん、江南酒造の面々は様々な場面で三葉を懐かしみ、不在を悲しみ、落胆した。それでも月日は過ぎゆき、四月から五月になり、GWが終わり、夏の気配が近付いて来た。

六月に入れば、梅が入荷し、梅酒の仕込みが行われる。響の前に三葉が現れてから一年が経《た》とうとしていた。

そして、同じ時期。大山《おおやま》の山奥深くにある名前のない村では、赤穂《あこう》家の家長代理である紫苑《しおん》が、難しい顔付きで頭を抱えていた。


紫苑に頼まれていた用事を終えたことを報告しようと、その姿を捜していた蔦は、縁側に腰掛けている兄を見つけて声をかけた。

「兄様、こんなところにいたんですか。大叔母様の荷物、青葉《あおば》の家に届けて来ました。……兄様？」

いつもはすぐに反応する紫苑が、俯《うつむ》いたままでいるのを見て、蔦は不思議に思う。その横顔は真剣で、何か問題があったようだと察し、蔦は我が身を振り返る。

ここのところ、叱られるような真似《まね》をした覚えはない。しかし、過去の件を蒸し返されるというのは、ありがちだ。ここは逃げるが勝ちか。

そんな算段をして、そうっと引き返そうとしたところ。

「三葉が戻されてくる」

「えっ」

紫苑がぽつりと呟《つぶや》いた内容は聞き捨てならないもので、蔦はさっと兄の隣に腰を下ろした。

三葉が派遣先での務めを終えて戻って来たのは、桜が散る頃だった。そのまますぐに新しい派遣先へ向かったのだが、紫苑の様子を見る限り、うまくいかなかったようだと分かる。

「まだひとつきも経ってませんよね？」

「ああ…」

「また…失敗したんですか？」

三葉は座敷わらしとしては出来そこないで、派遣された先での失敗を繰り返した。能力はあっても務めを果たせないからと、しばらくの間、家の手伝いに従事していた。

しかし、人手不足の影響もあって無理矢理かり出されることになり、紫苑がやり方を工夫して江南家に派遣されたのが一年前。見事、江南家を再興させることに成功し、務めが終わったからと呼び戻された。

そして、新しい派遣先へ向かったのだが…。

「今度は小さな子供のいる家で、都会のマンションだから使用人として住み込むのは難しいってことで、子供だけに見えるようにして住み着かせていたんだけどね」

「まあ…本来のあり方ですね」

「それがやっぱり三葉には無理だったようで…しかも、毎日のように泣いてたらしくて…子供が怖がってしまってね。紹介所も引き上げる判断をしたようだ」

もうすぐ戻ってくるよ。そう言って、紫苑は深い溜め息を零す。村を出られない蔦としては、都会のマンションなんて、うらやましい話なのだけど。

「三葉ちゃん、あの家が好きだったみたいですからね」

「あの家って…江南家かい？」

「山のふもとにある大きな家で…村の雰囲気にも似てて、居心地がよかったんじゃないでしょうか。帰って来てからも部屋でずっと泣いてたんですよ」

「本当に？」

「兄様の前では普通の顔してましたけど」

それでも、目の周りは赤かったし、以前の明るさが全くなくなっていた。使用人たちの間でも噂《うわさ》になっていたけど、紫苑の耳には入っていなかったのだろうか。

その前に新しい派遣先へ行かされてしまったんだったか…。蔦は思い出して、戻ってきたらどうなるのかと聞いてみる。

「相変わらず人手は足りてないから、紹介所からは違う家にと言われてるんだが、しばらく休みを貰《もら》えるように頼んである。また同じことになって、三葉が責められても可哀想《かわいそう》だからね」

「その方がいいです。俺も話、聞いてみますから」

「頼むよ」

あてにならないことの方が多い弟だが、根っから優しいので話し相手としては最適だ。

やはり三葉は座敷《ざしき》わらしの仕事には向いていないのか。いっそ能力がなかった方がしあわせだったのかもしれないなと思って、紫苑はもう一つ溜め息を吐いた。

戻ってきた三葉は、憔悴《しょうすい》しきった様子で、紫苑の前で土下座した。

「兄様、申し訳ありませんでした…。お役に立てず…こんな結果になってしまい…赤穂家の名を汚すような真似を…」

「何を言ってるんだ。休みなく派遣されたのだし、仕方ないよ。紹介所とは話をしたから、しばらく家でゆっくりしなさい」

紫苑の言葉に、三葉は畳に額をつけたまま返事をし、顔を上げないでその前を離れる。

とぼとぼ自分の部屋に戻ると、六畳間の座敷に蔦が座って待っていた。

「お帰り、三葉ちゃん」

「蔦。どうしたの？」

「大丈夫？」

何か用でもあるのかと聞いた三葉は、心配そうな弟の顔を見て、小さく微笑《ほほえ》む。すとんと膝を折るようにその場に正座して、抱えていた風呂敷《ふろしき》包みを横に置いた。

「また失敗しちゃったのよ」

「気にしなくていいよ。ちょっと休んだ方がいいって、兄様も言ってただろ？」

「ええ…」

俯いて力なく頷《うなず》く三葉は、蔦が見たことのないほど、落ち込んでいた。以前にも何度か派遣先から帰されて来ているが、その時は落ち込んでいても覇気が感じられたのに。がっくりと肩を落としている今の三葉は、萎《しお》れたというより枯れてしまったようで、水を与えても復活しなそうに見えて怖くなる。

「三葉ちゃん…？」

「ごめんなさい。ちょっと横になります」

休みたいから部屋を出て欲しいと言われ、蔦は頷いて従った。襖《ふすま》を閉め、廊下から室内の気配を窺《うかが》う。布団を敷いているのか、しばらくごそごそと物音が続いた後、静かになったのを確認して、蔦はその場を離れた。

三葉が起きたら話をしよう。そう考えて、蔦は三葉の様子を幾度となく見に行ったが、いつまで経っても三葉は布団から出て来なかった。そのまま食事もとらず風呂にも入らず、起き上がることすら出来なくなって、寝付いてしまった。

村に医者はいない。病にかかる者はいないからだ。紫苑は三葉が元気を取り戻す方法を探そうとして、あちこちに相談したが、これといった情報は得られなかった。

そんな中、もたらされたある知らせを頼りに、紫苑は蔦を連れて紹介所を訪ね、大荷物を抱えて赤穂家へ戻った。

「三葉。私だ。入るよ」

三葉の部屋の前で声をかけ、紫苑は襖を開ける。横になったままの三葉は、すっかりやつれた顔で紫苑を見上げ、「兄様」と力のない声を発した。

「すみません…」

「そのままでいいから」

必死で起き上がろうとする三葉を制し、一緒について来ていた蔦に、運んで来た荷物を三葉の見える場所に並べるよう指示する。大きな風呂敷包みが二つに行李《こうり》が一つ。何事かと不思議そうな表情を浮かべる三葉の前で、蔦は包みを開く。

「この中に何か食べられそうなものがあればと思ってね。紹介所の祭壇から頂いて来たんだ」

「……！」

目の前に現れた光景に、三葉は目を見開いたまま絶句した。山ほどのお菓子に果物、お米にお餅。うどんに蕎麦《そば》にスパゲティ。レトルトのカレーやスープ。これでもかという食料に続いて…。

「こっちはお酒でさ。今は飲めないだろうけど…」

行李の蓋を開け、蔦が取り出したのは、鵲瑞の一升瓶で、それを見た途端、三葉は泣き出した。大粒の涙を溢《あふ》れさせ、ひっくと息を吸う。

江南家の東蔵に祀《まつ》られた祠《ほこら》と、紹介所の祭壇は繋《つな》がっている。祠に供えられた供物と同じものが祭壇に現れて、村の物資となるのだ。

それを知っていたから、江南家にいた時、三葉はせっせと祠の前に供物を置いていた。秋の酒造安全祈願祭や正月などは、遠慮なく供物を捧《ささ》げられる機会だと喜び、山のように置いて響に不審がられた。

あの時、自分は適当な言い訳でごまかしたけれど…響は覚えていてくれたのではないか…？

「新しく当主になった彼がね。三葉が帰って来てから、次々とお供え物を供えてくれてるんだ。正月でもないのにって、紹介所でも評判で…たぶん、彼は三葉の為《ため》にしてるんじゃないだろうか」

「……」

静かな声で紫苑が言うのに、三葉は無言で頷く。布団の端で顔を拭き、蔦を呼んで、手を借りて起き上がる。

「兄様…兄様。三葉はもう一度、江南家に行きたいです。響さんに…会いたいです」

「…三葉」

「お願いします」

よろりとふらつきながら、三葉はその場に両手をついて頭を下げる。すっかり痩せた肩や背中、乱れた髪が可哀想で仕方なくて、紫苑は苦渋の決断を迫られることになった。

座敷わらしが派遣されるのはひとつの家に一度きり。三葉が江南家に座敷わらしとして行けることはもうない。

そうなると。

「三葉。知ってると思うけど、同じ家には二度と行けないんだ。どうしても行くというのなら、村を出ることになる。つまり、もう村には戻って来られないし、私たちにも会えないし、座敷わらしでもなくなってしまうんだよ」

「……」

「いいことを、起こせなくなってしまうんだよ」

それでもいいのかと尋ねる紫苑に、三葉はすぐに返事出来なかった。紫苑にも蔦にも。他のきょうだいたちにももう会えない。村の空気も吸えなくなる。

それでも。

「…響さんは…きっと、三葉がいることがいいことだって、言って下さいます」

いいことを起こせなくなっても、響ならそう言ってくれる。顔を上げた三葉は、真っ直《ます》ぐに紫苑を見据えて断言した。響だけじゃない。聡子も秋田も堀越も高階も中浦も。そして、環だって、自分がいることを喜んでくれるはずだ。

村の皆に会えなくなるのは寂しいけれど。

大粒の涙をぽたぽた零《こぼ》しながら、三葉はぎゅっと唇を引き結ぶ。辛《つら》い。辛くてたまらない。

なのに、江南家に戻りたいという気持ちを抑えられない。

「…分かった。とにかく、お前は元気になりなさい。そんな姿で戻ったりしたら心配をかけるだけだ」

ここにあるものを好きなだけ食べて、回復することが先決だと言い聞かせる紫苑に、三葉は無言で頷く。涙でびしょびしょの頬を手でぬぐい、「ありがとうございます」と心からの礼を紫苑に伝えた。

GW後の長雨で気温が上がらず、春のように薄ら寒い日が続いたせいで、梅の成熟が遅れているという連絡が入ったその日。偶々《たまたま》事務所にいて電話を受けた秋田は、響に伝えようとして姿を探した。

「中浦さん、響さんってどっか行くって言ってました？」

「いえ。商工会の打ち合わせは明日のはずですから」

どこかにいるはずだという中浦の返事に礼を言い、秋田は事務所を出る。中庭では塚越と高階が梅酒の仕込み用に使う道具類を洗っていたので、響を見かけなかったか聞いた。

「響さん？　見てないっす」

「朝に見かけたきりですよね」

「どこにいるのかな。あ、梅の入荷が遅れるみたいなんだ。たぶん、来週後半になると思う」

秋田の知らせに「了解です」と返事し、二人は再び水を出して樽《たる》を洗い始める。仕込み蔵の方にいるのか、それとも発送関係の仕事の為に作業場の方にいるのか。

中庭を横切りかけた秋田は、その前に…と思って母屋へ足を向けた。玄関から入るのが面倒で、庭に回って縁側から「奥さん！」と呼びかける。

すぐに奥から「はーい」という返事が聞こえ、間もなくして聡子が姿を見せた。

「どうしたの？　秋田くん」

「梅の入荷なんですが、来週後半になるそうです。孝子《たかこ》さんたちに連絡お願い出来ますか？」

「あら。今週末かと思ってたから、孝子さんたちもそのつもりだと思うわ。すぐに電話しておくわね」

梅が入荷し次第、一気に仕込んでしまう梅酒の仕込みには、毎年パート従業員の力を借りる。去年は聡子が入院中だったので、響と秋田で連絡を取ったりしていたが、普段から茶飲み友達でもある聡子に頼んだ方がいい。

「よろしくお願いします。あと、響さんってどこにいるか分かりますか？」

「響？　さあ…」

分からないと答える聡子に礼を言い、秋田は母屋の敷地《しきち》を出て、仕込み蔵を目指した。床のペンキを塗り直したいという話をしていたから、その具合を確認しているのだろうか。それとも…と考えつつ、蔵の中をあちこち捜したが響の姿は見当たらなかった。

「響さーん」

呼んでも返事はなし。ここにはいないと判断し、作業場へ向かう。「響さーん」と呼ぶと、パレットに積んだ段ボールの陰から、環がひょこっと顔を出した。

「秋田くん？」

「社長。響さん、見なかったですか？」

「見てないな。あと、社長じゃないよ」

「あ、すみません」

にっこり笑って付け加える環に、秋田は慌てて詫《わ》びる。失踪した後も江南酒造の社長は環のままであったが、皆造を迎えて仕込みが一段落したところで、正式に環は響に社長の座を譲った。響の希望もあり、環は聡子と共に共同代表者となった。

それは分かっているのだが、刷り込まれているものだから、つい環を社長と呼んでしまう。軽く頭を下げて詫びる秋田に、ここへ来る予定ではあるのだと話す。

「十一時に集荷のトラックが来るから、それまでには来るはずなんだけどね」

「まだ三十分くらいありますね」

だとすれば、待っているには時間が惜しい。もう少し捜してみると言い、秋田は作業場を後にした。

残るは…貯蔵蔵と東蔵で、秋田は近い方から当たることにして、東蔵に向かった。物置と化している古い蔵だから、いないだろうと思っていたが、出入り口が開いているのに驚いた。

ここにいたのかと、開口部から顔を出し、「響さん！」と呼びかける。

「なんだ？」

すると、奥から返事があって、秋田は中へ入って声のした方へ近付いた。響は蔵の奥手にある祠《ほこら》の前にいて、秋田に用を聞く。

「何かあったのか？」

「JAの田上《たがみ》さんから電話があって、梅の入荷が来週後半になるみたいです。今年は雨のせいで熟すのが遅れてるみたいで」

「そうか。だったら孝子さんたちに……」

「その連絡は奥さんに頼みました。……何してたんですか？」

報告をしながらも気になったのは、こんなところで響が何をしていたのかということだった。秋田も節目ごとに祠にお参りはするし、それを守る江南家として聡子が毎日世話しているのも知っている。けれど、響の用がある場所ではないような気がする……と思って、何気なく祠の前を見た秋田は「わっ」と声を上げた。

「なんか、すごいことになってませんか？」

秋田が驚いたのは、祠の前に大量の供物が供えられていたからだった。お菓子や果物、酒や食料品などがずらりと並んでいる。

秋の酒造安全祈願祭の時や、お正月などには色んな供物を載せた三方が並べられたりするが、普段は榊《さかき》に水、御神酒《おみき》、塩、米くらいだ。なのに。

「こんなに置いてありましたっけ？」

「いや、これは…あれだ」

「あれって？」

「…三葉が喜ぶかと思って」

身体《からだ》の大きさに不似合いな、小さな声でぼそりと呟《つぶや》いた響に、秋田は憐れみを含んだ目を向ける。

「そんな可哀想《かわいそう》な子を見るような目をするなよ」

「だって。意味不明ですよ、響さん」

三葉がいなくなったのに江南酒造の全員がショックを受けたが、中でも一番へこんだのは響だった。仕事でもあり得ないミスをしたり、ぼんやりしていたり、響なのに食事を残したりして、皆が心配していた。

最近になってようやく、ちょっと三葉の不在になれて来たようだと思っていたのに。こんな怪しい真似《まね》をしていたとは…と、秋田に思い切り引かれて、響は顔を顰《しか》める。

「喜ぶような気がしてるんだ」

「確かに亡くなったりしたら仏壇とかお墓とかに好物を供えたりしますけど。三葉ちゃん、死んだわけじゃないんだし。祠って神棚みたいなもんですよね？　神棚も仏壇と一緒なんですか？」

「分からん」

仏壇も墓も祠も神棚も。響にその違いは分からない。それでも、なんとなく、ここが三葉との接点のように感じている。どうしてなのかは説明出来ないけれど。大丈夫なのかと秋田に心配されるのが億劫《おっくう》で、響は蔵を出ようと促す。秋田は頷《うなず》きながらも、三葉がいたらと話し出した。

「去年は三葉ちゃんが手伝ってくれて、順調に終わりましたよね。今年もいてくれたらよかったのに」

「……」

三葉がいてくれたらと思う場面は繰り返し訪れる。梅酒の仕込みだけでなく、花火大会もあるし、秋になって酒の仕込みが始まれば、何度も何度も思うだろう。役に立つから。便利だから。そういう理由じゃなくて、ただいてくれたらと思っている。不在が哀《かな》しい。存在が恋しい。

そんなことを思うと、気が重くなって、響は心中で大きな溜《た》め息《いき》を零した。

その夜。台所のシンク下から取り出した一升瓶を左手に持ち、何かつまみになりそうなものはないか、冷蔵庫を開けて探していた響は、視線を感じて振り返った。

「…何してるんだ？」

「…いや」

怪訝《けげん》そうな顔の環に聞かれ、首を振ってごまかす。酒だけ持って立ち去ろうとしたところへ、聡子がやって来た。

「お酒なんか持ってどこ行く…あ。また？」

不思議そうに聞きかけた聡子は、すぐに思い当たって「また」と口にした。夜な夜な、響は酒瓶片手に東蔵に行き、祠の前で飲んでいる。飲み過ぎてその場で寝込んでしまい、朝になって姿がないのに気づいた聡子と環が慌てて捜すという事件が起き、判明した。

どうして響がそんな真似をするのか。はっきり本人の口から聞いたわけではないが、なんとなく察している聡子と環は、曖昧に頷いて廊下を歩いて行く響の背中を見送った。

「まだお供え、置いてるんだよな」

「そうなのよ…」

東蔵の祠に響がお供えを置き始めて久しい。生ものは聡子が引き上げるようにしているが、乾物《かんぶつ》などはそのままで、結構な量になりつつある。

最初は何を始めたのかと怪訝に思ったが、三葉の為《ため》だと分かり、やめるようにも言えなくなった。

「神頼みで戻って来てくれるものかしら」

「本人が納得するまでやらせた方がいいよ」

誰かに迷惑をかけるわけじゃないし…と言う環に頷き、聡子は小さく息を吐く。自分も毎日のように三葉に戻って来て欲しいと思ってはいるけれど。

響みたいに不可解な行動に出るほどではない。可哀想だからそっとしておこうと話し合い、台所の明かりを消した。

飲みかけの一升瓶から湯飲みに酒を注ぐ。頻繁に来るから供物の山に湯飲みを紛れ込ませてある。祠に向かって湯飲みを掲げ、軽く頭を下げて口をつけた。

「ふーっ」

一息で半分ほど飲んで、息を吐く。家で飲むのは秋田が杜氏《とうじ》になる前の古い酒だ。今の酒とは方向性が違うし、ぱっとした味ではないが、普段に飲む分には十分だ。純米酒はひやで飲むには最適で、二口目で湯飲みを空にした響はおかわりを注いだ。

「…やっぱなんか食いたいな」

つまみも一緒に持ってこようとしたのに、環と聡子が現れたから、そそくさと台所を逃げ出して来た。二人とも大目に見てくれているのだから、変な遠慮をしないでつまみが欲しいと言えばよかった。

「三葉がいたらな…」

酒を取りだした時点で、つまみは何がいいかと聞いてくれただろう。食べないという選択肢はあり得ないから、軽めがいいか重めがいいか、洋風か和風か…。

「いや、違うな。あいつなら、まず何を飲むか聞くはずだ」

うちの…秋田以前の純米酒をひやで。そう言うだけで、ぴったりなものを用意してくれる。

三葉を懐かしむのは哀しい気分になるからいけない。小腹が空いているせいもあるのだと思い、響はお供え物を物色してポテトチップスの袋を手にした。

「悪いな、三葉。貰《もら》うぞ」

三葉に届くといいと思って置いた供え物だ。なんとなく三葉に断りを入れて、袋を開ける。三葉が美味《おい》しいと話していた固めのポテトチップス。ばりばり嚙《か》み砕《くだ》いて、おかわりの酒を飲んだ。

「はー美味《うま》い…」

思わず漏れた声が蔵の中に反響してどきりとする。誰に気を遣わなきゃいけないわけでもないのに、なんとなく後ろめたい気がして、小さく息を吐いた。

ばりばりばり。響はポテトチップスを食べながら、祠の向こうを見つめる。

「今年は梅が熟すのが遅くて入荷が遅れるそうなんだ。去年は逆に早くなったのにな。来週だっていうから、まだ間に合うぞ」

帰って来たら梅酒の仕込みが手伝える。そんなことを呟いて、酒を飲んだ。

こんなことをいつまで続けるのか。分からないけれど、時間が経《た》つほど三葉の不在が重く感じられてきている。そんな時、ここへ来るとなんだか落ち着くように感じられていい。けれど、夏はまだしも、冬になったら、ここで飲むのは難しそうだ。酔っ払って寝込んだりしたら、生死に関わる事態になるだろう。

どんなに願っても、三葉が帰って来てくれる保証はない。何処《どこ》に行ってしまったかも分からないのに、こんなことをしている自分をおかしく思う気持ちもあるが、なんとなくやめられない。

ここにいたら…三葉の気配を感じられる気がして。

「…あ」

ぼんやり口を動かしている内に、ポテトチップスを食べきってしまっていた。次のつまみを物色しようと、立ち上がる。三葉の好きだったイカソーメンを見つけ、いいものがあったとにやりとした時だ。

「……！」

手を伸ばしてイカソーメンの袋を手にしようとすると同時に、遠くの方からひゅーっと何かが落ちてくるような音が聞こえた。

何だろうと思い、周囲を見回す。すると。

「ああああああ…！」

「……!!」

かつて耳にした覚えのある悲鳴が聞こえ、響は即座に反応して木桶の裏側に回った。あの時は突然聞こえた女の悲鳴に戦《おのの》き、警戒しながら声の主を探したが、今は違う。

誰の声なのか、すぐに分かった。

「…あいたた…」

木桶の裏側に尻餅をついた三葉がいて、腰の辺りをさすって呻《うめ》いていた。「大丈夫か？」

「三葉!!」

と心配しながら駆けつける響を見て、三葉はぴょんと跳ね上がって正座した。

「っ…!! 響さんっ…！ どうして…っ…あ、あの、これは…ですねっ…」

夜の東蔵には誰もいないはずで、そっと母屋に忍び込み、翌朝挨拶をするつもりでいた。こんなに早く見つかるとは思っていなくて、慌てて言い訳を考える三葉を、響はぎゅっと抱き締める。

なんでもいい。帰って来てくれただけでいいと思って。

「…あの…響さん」

「……」

「お酒、飲んでたんですか？」

「…におうか？」

「はい」

素直に返事する三葉に「すまん」と詫《わ》びて、響は三葉を離す。それから、三葉の前にあぐらをかいて、ちょっと滲《にじ》んでしまった涙を手の甲で拭いてごまかした。

三葉はその仕草をじっと見つめる。涙するくらい、響が喜んでくれているのだと思うと、お腹《なか》の底から温かな感情が湧いてくる。

よかったと、何もかもよかったのだと思えて、三葉はにっこり笑った。

「家のあれこれが片付きましたので戻って来ました。また奉公させて頂けますか？」

お願いしますと三つ指ついて頭を下げる三葉を見ているだけで、また涙が溢《あふ》れそうになって、響は上を向いて「もちろんだ」と答えた。

スンとはなを啜《すす》って、皆が大喜びすると続ける。

「母さんも秋田も…楓も海斗も、中浦さんも兄貴も。お前がいなくなってへこんでたから

…そうだ。梅酒の仕込みがあるから頼むぞ」

「間に合いましたか！　三葉もそれを気にしていたのです」

「今年は入荷が遅れてて来週になったんだ」

よかったです…と笑う三葉を見ていた響は、少し違和感を覚えて首を傾《かし》げた。目の前にいるのは三葉に違いないのだが、なんだか以前と印象が違う気がする。

「…なんか…大きくなったんじゃないか？」

「えっ。ふくよかになりましたか？　頑張って食べたからでしょうか…」

「そうじゃなくて…」

大きくなったという言い方が間違っていたと、首を横に振る。太ったわけではなくて、大人びた気がする。以前は年齢に不相応な幼さが見えたけれど、今は年相応の容姿に見える。

たった数ヶ月で変わるわけもないから、気のせいだろう。そう考えて、響は立ち上がり、三葉に手を差し出した。

「まだ母さんも兄貴も起きてるはずだから、行こう」

「はい」

響の手を借りて立ち上がった三葉は、木桶を回って祠《ほこら》側に出ると、そこに並んでいた供物にぎょっとする。目を丸くしている三葉に、響はもごもごと言い訳した。

「いや、これは…お前にと思って…」

「…ありがとうございます。響さん」

「なんだ？」

「三葉はもういいことが起こせなくなってしまったのです」

祠を見つめ三葉は寂しそうに伝える。その言葉の本当の意味を響は理解していなかったけれど、「何言ってんだ」と茶化すことはなく、「そうか」と頷《うなず》いた。

いいことを起こせるという、三葉のおまじない。

最初はそんなものが効くわけないと半信半疑だった。その後、どうも本当のようだと信じ始めた。三葉がおまじないを唱えると、いつもちゃんと「いいこと」が起きていた。

それがもう出来ないと三葉は言うが、響にとっての「いいこと」はおまじないでは起こせない。

「俺はお前がいてくれたらいい。俺にとっての『いいこと』はお前がいてくれることだ」

「……」

響が真面目な顔で言うのを聞いた三葉は、泣き出しそうな顔に無理矢理笑みを浮かべて、こくんこくんとお団子を揺らして頷く。

やっぱり。響ならそう言ってくれると思っていた。

はあと息を吐き、ぎゅっと手を握って響を見つめる。

「…響さん。三葉をずっとここに置いて下さいますか？」

「……」

そんなの。もちろんんだ。即答出来たのに、声にはならなかった。無言で何度も頭を動かす響を見て、三葉は嬉《うれ》しそうに笑う。

笑いながら、祠の前で開かれていた晩酌の後片付けをして、母屋で飲み直して下さいと頼んだ。

「三葉が何か作って差し上げますから。何が食べたいですか？」

「ちょっと待ってくれ」

食べたいものがあり過ぎてすぐに出て来ない。真剣な表情で考えながら三葉と一緒に東蔵を出て母屋へ向かう。やっぱり三葉が最初に作ってくれて感動した、お出汁たっぷりの玉子焼きだろう。

悩んだ末に響が呟《つぶや》くのを聞いて、三葉は「かしこまりました」と元気いっぱいに返事した。

この作品はフィクションです。
実在の人物や団体などとは関係ありません。

お便りはこちらまで

〒一〇二―八一七七
富士見L文庫編集部　気付
谷崎　泉（様）宛
細居美恵子（様）宛

富士見L文庫

老舗《しにせ》酒蔵《さかぐら》のまかないさん　三

門出《かどで》の春酒《はるざけ》と桜《さくら》舞《ま》い散《ち》るお花《はな》見《み》弁当《べんとう》

谷崎《たにざき》　泉《いずみ》

2023年７月15日　初版発行

発行者　山下直久

発　行　株式会社 KADOKAWA

〒102-8177　東京都千代田区富士見2-13-3

電話　0570-002-301（ナビダイヤル）

印刷所　株式会社暁印刷

製本所　本間製本株式会社

装丁者　西村弘美

定価はカバーに表示してあります。

●お問い合わせ

https://www.kadokawa.co.jp/（「お問い合わせ」へお進みください）

※内容によっては、お答えできない場合があります。

※サポートは日本国内のみとさせていただきます。

※Japanese text only

ISBN 978-4-04-074961-7 C0193

月影骨董鑑定帖

著／谷崎 泉　イラスト／宝井理人

「……だから、俺は
骨董が好きじゃないんです」

東京谷中に居を構える白藤晴には、骨董品と浅からぬ因縁があった。そんな彼のもとに持ち込まれた骨董贋作にかかわるトラブル。巻き込まれないよう距離を置こうとする晴だったが、殺人事件へと発展してしまい……!?

【シリーズ既刊】全3巻

富士見L文庫

鎌倉おやつ処の死に神

著／谷崎 泉　　イラスト／宝井理人

命を与える死に神の優しい物語

鎌倉には死に神がいる。命を奪い、それを他人に施すことができる死に神が。「私は死んでもいいんです。だから私の寿命を母に与えて」命を賭してでも叶えたい悲痛な願いに寄り添うことを選んだ、哀しい死に神の物語。

【シリーズ既刊】全３巻

富士見L文庫

英国喫茶 アンティークカップス
心がつながる紅茶専門店

著／猫田パナ　イラスト／ねぎしきょうこ

人生迷子が辿りついたのは、
子供の頃に愛した紅茶専門店——

働きづめで疲れ果て、実家に帰った美宙。母の勧めで祖父の紅茶専門店の手伝いをすることに。あたたかい人々に囲まれて働くうちに、美宙は徐々に息を吹き返していく。けれど祖父が倒れ、喫茶店は閉店の危機で……!?

富士見L文庫